Armin Sengbusch
Depressionen leicht gemacht

Armin Sengbusch

Depressionen leicht gemacht

Das Buch zum Bühnenprogramm

Bibliografische Information der Deutschen Nationalbibliothek
Die Deutsche Nationalbibliothek verzeichnet diese Publikation in der
Deutschen Nationalbibliografie; detaillierte bibliografische Daten
sind im Internet über http://dnb.dnb.de abrufbar.

© Armin Sengbusch 2019
Depressionen leicht gemacht

Herstellung und Verlag: BoD - Books on Demand, Norderstedt

ISBN: 9783734773266

Für meinen Kopf und für andere Köpfe

Inhalt

Vorwort

Niemand hat mich darum gebeten, dieses Buch zu schreiben. Wenn das so gewesen wäre, hätte ich es wohl nie geschrieben, weil ich antizyklisch auf gute Ratschläge reagiere. Außerdem wollte ich keine Anthologien mehr veröffentlichen, sondern nur noch Romane. Dass ich trotzdem noch einmal eine Sammlung mit Texten veröffentliche, liegt an verschiedenen Gründen. Unter anderem ist es mir wichtig, dass über Depressionen geredet wird – und nicht von Menschen, die das studiert haben, sondern in erster Linie von denjenigen, die davon betroffen sind und demnach auch wissen, worüber sie reden. Je mehr Menschen darüber reden, desto mehr Menschen begreifen vielleicht auch, wie ernst und heimtückisch diese Krankheit ist.

Seitdem ich angefangen habe, offen über meine Krankheit zu sprechen, bekomme ich verstärkt positive Rückmeldungen – in erster Linie von den Betroffenen. Die Menschen, die mit der Krankheit nichts zu tun haben, begegnen mir weiterhin mit Unverständnis, was mich dazu ermutigt, weiter zu machen. So sind während meiner Zeit bei der »Lesebühne Längs« zahlreiche Texte entstanden, die sich um das Thema »Depressionen« drehen oder auch um andere psychische Störungen, mit denen ich zu kämpfen habe. Irgendwann im Herbst 2017 hatte ich die Idee, aus diesen Texten ein Solo-Programm zu formen, das zum einen unterhaltsam, zum anderen aufklären sollte.

Und dann, viel zu spät, also jetzt oder eben im März 2019 habe ich mich entschieden, die Texte als Buch zusammenzufassen. Nicht alles aus dem Solo-Programm steckt auch im Buch und umgekehrt, aber vielleicht tragen die Texte ein wenig zur Unterhaltung und Aufklärung bei, damit mehr Menschen Bescheid wissen oder fühlen, dass sie mit der Krankheit nicht allein sind.

Dabei ist das alles natürlich sehr subjektiv, die Krankheit verläuft nicht bei jedem gleich und jeder hat andere Voraussetzungen. Ich gehe seit meinem 16. Lebensjahr aus unterschiedlichen Gründen nicht mit in die Sonne und sehe deswegen aus wie ein Vampir. Ich habe meine genetischen Wurzeln zur Hälfte in Pakistan und ich rasiere mir seit fast 20 Jahren den kompletten Kopf. Das ist nicht schlimm, aber manchmal ein Symptom und manchmal auch komplett ohne Bedeutung.

Aber jetzt zunächst einmal vielen Dank für das Interesse, immer eine Handvoll Lächeln unter der Oberlippe und viel Spaß mit dem Buch wünscht

Armin Sengbusch

Irgendwann endet alles

Meine Name ist Armin Sengbusch. Ich war gerade beim Arzt und der sagte mir, dass ich noch sehr lange leben werde. Das ist sehr schlimm für mich, weil ich dadurch noch sehr lange Depressionen haben werde. Physisch geht es mir leider blendend, psychisch bin ich längst tot. Es gibt vermutlich Schlimmeres, denn andere Menschen haben ja auch Probleme. Zum Beispiel Haare. Oder einen Arbeitsplatz. Oder einen VW-Diesel. Oder eine Ehefrau. Aber das sind alles Dinge, von denen man sich irgendwann trennt. Auch, wenn man das vielleicht nicht wahrhaben will. Irgendwann endet alles.

Ich will jetzt gar nicht von der Wurst anfangen, zumal ich mich vegetarisch ernähre, obwohl ich manchmal sogar ins vegane abdrifte. Abdrifte. Aber nur kurz, weil ich Käse gern mag. Vegan mit Käse. Anders geht es ja gar nicht, einige Dinge kann man nicht selbst machen. Sex zum Beispiel, das geht, Giros geht auch, aber Käse bleibt Käse. Laktose hin oder her, Käse muss sein. Wobei dagegen auch einige allergisch sind. Also gegen Sex. Ich kannte mal eine, die wollte immer, dass ich dabei nicht atme, also beim Akt selbst, damit sie das Gefühl hat, sie sei allein. Sonst ging da gar nichts. Im Grunde genommen war das ihre erweiterte Form der Masturbation mit Erstickungs-anfällen meinerseits.

Irgendwann hatten wir dann in benachbarten Räumen Sex. Sie mit dem Dildo, ich mit der Nachbarin. Wobei das auch nicht funktionierte, weil die Nachbarin immer so ein Batmankostüm tragen wollte und dann immer schrie: »Das ist kein Kostüm, ich bin Batman.« Ich habe ja nichts gegen Batman, aber ich schlafe lieber mit Frauen.

Wobei ich tatsächlich lieber schlafe. Oder ich bleibe ganz wach, das ist sogar viel besser, dann kriegt man mehr mit. Im Grunde genommen brauche ich auch nicht viel Schlaf. Vier bis fünf Stunden, aber dann durchgängig. Wenn ich zwischendurch aufwache, geht alles von vorn los. Es geht alles von vorn los. Das ganze Leben beginnt wieder von vorn, nur weil mich jemand aufweckt. Das Gefühl habe ich zumindest.

Gefühle sind ja auch so eine Sache. Bei mir. Ich bin nah am Wasser gebaut, genaugenommen bin ich IM Wasser gebaut. Ich weine ja schon, wenn mich so ein totes Katzenbaby nur anguckt. Zack, bin ich feucht. Egal ob nun Trauer oder Glück, ich weine. Nah am Wasser eben. Wenn mein Adoptivvater irgendwann stirbt, dann werde ich viele Tränen vergessen, äh, vergießen. Und alle werden denken, dass ich trauere.

Erwähnte ich eigentlich schon, dass ich neben der Depression auch noch andere psychische Störungen habe? Den Autismus sieht man mir gleich an, die bipolare Störung ist mir quasi ins Gesicht gemeißelt. Die Schizomanie bemerkt selbst der Laie sofort.

Gedankensprünge. Zack. Merkt man. Nicht wahr? Das haben Sie doch alle gleich gedacht. Vermutlich. Wieder ein neuer Gedanke. Zack. Hin und her. Wie die SPD. Früher machte das die FDP, aber die sind ja alle tot.

Daran scheitert ja vieles, am Tod. Apropos Scheitern: Die meisten Psychologen haben selbst eine Vollmeise, sonst würden sie den Job nicht machen. Jeder macht das, was ihn am meisten beschäftigt. Kellner lieben Teller, Beamte mögen Schreibtische und Prostituierte wissen eben einfach Bescheid. Aber das trifft nicht auf jeden Menschen zu, die meisten arbeiten ja, um mal irgendwann etwas anderes zu machen. Urlaub, zum Beispiel. Oder Musik. Ein Leben lang Versicherungssachbearbeiter, aber im Alter stehen sie dann auf einer großen Bühne und rocken richtig ab. Das kann passieren. Kann. Muss aber nicht. Alle reden von CARPE DIEM, aber wenn es darauf ankommt, sitzen sie im Büro.

Irgendwann ist ja sowieso alles vorbei. Zack. Kiste zu und dann liegst du da und kannst nicht einschlafen, weil du lebendig begraben wurdest. Kann passieren, muss aber nicht. Und so ein Trauma ist auch nicht immer toll. Dann schon lieber Reinkarnation. Da weiß man zwar nicht, was man hat, aber man lernt aus seinen Fehlern. Ich stelle mir dann immer vor, dass alle Nazis im nächsten Leben ungeborene Kinder werden. Abtreibung zum spätesten Zeitpunkt. Sobald sich der Gedanke »Alle Ausländer raus« im Fötus formulieren will, einmal RU-486 und dann ist gut. Zack.

Seelenwanderung. Und im nächsten Leben dann als Eisberg durch den Pazifik wandern.

Wobei ich das immer billig finde, über Nazis Witze zu machen, weil die nie da sind, wenn man sie braucht. Man soll ja auch nicht über andere Menschen lästern, sondern ihnen ins Gesicht sagen, dass sie hässlich sind. Oder seltsam riechen. Oder dass man nichts gegen Schwule hat, aber beim Analverkehr hört der Frohsinn auf. »Mee too«, möchte ich meinem Adoptivvater dann immer zurufen, »Me Too!« Aber der ist auch nie da, wenn man ihn braucht. Da haben Nazis und Pädophile doch was gemeinsam. Wobei ich ja immer denke, dass in Deutschland vor allem eine Sache missbraucht wird: die Sprache. Wenn jemand den Infinitiv ohne zu gebraucht, der braucht bei mir gar nicht anzukommen. Dagegen komme ich auch nicht an. Angeblich gebildete Menschen, aber von der Sprache keine Ahnung. Null. Die können alle Englisch und Mandarin, und bestellen beim Griechen auf Französisch, aber wehe der Genitiv ist in Sichtweite. Der Genitiv. Der Genitiv! Nicht der Genozid. Das ist wieder eher was für Raucher, die missbrauchen sich selbst und wundern sich, dass man sie nicht küssen will. Ja, gut, Nazis haben eine seltsame Weltanschauung, aber Raucher stinken. Da merkt man doch sofort, das was nicht stimmt. Hat meine Mutter früher immer gesagt: Wenn jemand krank ist, dann riecht der anders. Und das denke ich heute ganz oft, wenn ich so an Menschen rieche und dann kommt da nur Jil Sander oder Hugo Boss. Alle krank. Denke ich dann. Alle krank. Mit solchen Düften kann man auch den Verwesungsgeruch übertünchen. Nicht nur bei Rauchern. Auch bei echten Menschen.

Aber jetzt lachen nur die Hälfte, weil Menschen mit Zigaretten nicht über sich selbst lachen können. Oder dürfen. Oder dürfen! Deswegen mache ich auch lieber Witze über Alkoholiker, mit denen kann man hinterher noch einen trinken gehen. Wenn sie gehen können. Ich laufe lieber. Also gedanklich. Real bin ich ja eher der Liegenbleiber und da denke ich dann oft darüber nach, wie das denn so wäre, wenn ich tot bin. Könnte ja wirklich sein, dass es weitergeht. Kann sein, muss aber nicht. Und wenn nicht, dann wäre das auch in Ordnung, weil dann der ganze zusammenhanglose Mist, der sich in meinem Kopf so tummelt, dann endlich ein Ende hätte. Und irgendwann endet alles, auch dieser Text. Also, es kann sein, dass er endet. Muss aber nicht.

Tut er aber doch.

Und ich bleibe noch solange, bis einer das Licht ausmacht. Und bis dahin, ertrage ich mich selbst, so gut es geht. Andere machen das ja auch, aber die haben andere Probleme. In jedem von uns tobt ein Krieg, den wir nicht gewinnen können. Wir alle tragen Dämonen ins uns, die wir verjagen wollen. Und in jedem von uns, herrscht ein Chaos, das wir verstecken wollen. Aber. Irgendwann endet das alles.

Wir sind mehr

Immer, wenn mich jemand auf meine Krankheit anspricht, gucke ich irritiert. Ich frage dann zunächst einmal, welche Krankheit er meint, weil es in meinem Fall ja ziemlich viel gibt, was man als krank bezeichnen könnte. Einige Sachen denke ich mir nur aus, damit ich meine Ruhe habe. Zum Beispiel im vergangenen Jahr, als ich im Jahrhundertsommer mit meinem Sohn und mit meiner dicken Wollmütze durch den Hamburger Stadtpark schlenderte. Die Mütze auf dem Kopf, den Sohn an der Hand, umgekehrt klappt es nicht so gut. Ein paar Jugendliche auf einer Bank machten sich lautstark darüber lustig, dass ich eine Mütze trug. Ich habe sie mir dann vom Kopf gerissen und sie angeschrien: »Wie viel Krebs darf es denn sein?« Dann war Ruhe.

Und mein Sohn glaubt nun jeden Abend, er würde mich zum letzten Mal sehen. Ich habe ihm gesagt, dass er meine Mütze erben wird.

Aber zurück zu den Menschen, die mich nach meiner Krankheit fragen. Meistens geht es ja um Depressionen und darin bin ich mittlerweile Experte. Nicht allein wegen der Therapeuten, die ich kennengelernt habe, sondern einfach nur deshalb, weil ich mich damit seit 40 Jahren beschäftige. Jetzt nicht aktiv, kein Depressiver wird aktiv, man kriegt das halt so mit. So wie man als Autofahrer auch mitkriegt, dass die Benzinpreise steigen, das ist ungefähr dasselbe. Darüber regt man sich nicht mehr auf, das ist einfach so. Benzinpreise sind also die Depressionen des Autofahrers; die bleiben und man muss sich damit arrangieren. Man kann sie auch nicht heilen, für Benzin muss man bezahlen. Man kann sparsam fahren, dann muss man nicht so oft tanken, aber irgendwann dann halt doch. Genauso ist das mit Depressionen. Nicht heilbar, man kann aber damit leben, bis irgendwann so ein Tag kommt und dann lebt man eben nicht mehr. Oder das Auto ist kaputt, weil man Diesel getankt hat. So funktioniert das.

Wenn mich jemand nach der Krankheit fragt, dann sind das in der Regel Menschen, die davon keine Ahnung haben. So wie Schaulustige auf der Autobahn. Die kommen dann meistens mit so Fragen wie: »Ist das wirklich so schlimm?« Das empfinde ich als fragwürdige Gesprächseröffnung, aber es geht noch schlimmer. So wie in der vergangenen Woche, als mich jemand nach dem Auftritt ansprach: »Mein Onkel hatte das ja auch mal, also Depressionen, und bei dem ist es jetzt wieder weg.«

»Aha«, sagte ich, »was hat er gemacht?«

»Selbstmord.«

Tatsächlich sind Depressionen gar nicht mehr so schlimm, wenn man tot ist. Dann ist Dummheit auch kein so entscheidender Nachteil. Über Depressionen sagt man, sie seien eine Denkerkrankheit, man lebe in seinem Kopf, in dem es manchmal sehr still sei und manchmal auch sehr, sehr laut, aber das würde der Depressive nicht nach außen tragen können. Er wolle das, aber er könne das nicht. So heißt es. Ich kann das bestätigen. Auch, wenn viele Menschen Dinge in sich tragen, die sie nicht rauslassen, ist das bei Depressiven noch wieder etwas anderes.

Dummheit ist im Übrigen auch eine Denkerkrankheit, nur mit anderen Ausmaßen. Die Unterschiede lassen sich von außen übrigens nicht ausmachen, ich könnte demnach auch einfach nur dumm sein, bezeichne mich aber als depressiv. So wie viele Menschen sich als kompetent bezeichnen, aber Politiker sind. Kurioserweise gibt es unter Politikern keine Fälle von Depressionen, es ist eben tatsächlich eine Denkerkrankheit. Einzige Ausnahme: Jürgen Möllemann, aber der ist ja auch schon tot.

Die Krankheit, die ich als meine Krankheit bezeichne, weil sie mich in einigen Bereichen meines Lebens beherrscht, ohne, dass ich etwas dagegen unternehmen könnte, diese Krankheit gehört zu den psychischen Störungen, die am meisten angezweifelt werden. Das liegt daran, dass man sie schlecht beweisen kann. Blindheit ist jetzt nicht direkt eine psychische Störung, aber letztlich hüpft niemand vor einem Blinden herum, wedelt mit den Armen und schreit: »Los, komm! Mach die Augen auf, du kannst bestimmt doch sehen!« Kein Mensch ruft einem Mann mit amputierten Beinen zu: »Jammer nicht rum, das wächst wieder nach!« Menschen mit fehlender Gallenblase, die dauernd pupsen müssen, beordert man im Krieg an die vorderste Front, um die gegnerischen Reihen zu lichten, ohne Munition zu verbrauchen. Man akzeptiert diese Menschen, wie sie sind. Und das ist auch bei psychischen Behinderungen so, WENN sie klar ersichtlich sind. Choleriker schickt man gern vor, wenn es darum geht, sich einen Termin beim Arbeitsamt zu holen. Menschen mit Tourette-Syndrom lädt man gern auf Partys ein, damit mal etwas Überraschendes passiert. Wir Depressiven sind dagegen der Fels in der Brandung, bei uns weiß man, was passiert, weil nichts passiert. Weil wir erst gar nicht auf Partys gehen. Wir verbreiten Ruhe. Wir wollen Ruhe. Es sei denn wir sind dumm und finden den Weg nicht und behaupten zum Schutz, wir seien depressiv. Auch möglich.

Wenn mich jemand auf meine Krankheit anspricht, dann hoffe ich immer darauf, dass sich jemand dafür interessiert und einfach mal zuhört. So wie ich es immer spannend finde, wenn mir jemand von seinem Landrover berichtet, den er gerade selbst repariert hat oder von seinem Kind, dass sich gerade eine Murmel in das Nasenloch geschoben hat. Jeder hat seine eigenen psychischen Störungen und ich freue mich, darüber etwas zu erfahren. Bei den Nachfragen zu Depressionen ist es aber so, dass es nur zwei Möglichkeiten gibt. Erstens: Jemand kontaktiert mich, um herausfinden, ob ich auch wirklich krank bin oder das vielleicht nur vorspiele. Zweitens: Ist mir egal, ich bin depressiv und der Rest interessiert mich gar nicht.

Es ist tatsächlich so, dass depressive Menschen auch ganz normal leben und atmen und manchmal auch Hobbys haben wie zum Beispiel Netflix oder Nachdenken. Und sie haben tatsächlich immer mehr zu bieten, als nur die Krankheit, auf die man sie aber immer reduziert.

Es ist wichtig, darüber zu sprechen, und es tut gut, darüber zu sprechen und es tut gut, wenn Menschen zuhören und nachfragen, um sich eine eigene Meinung zu bilden. »Wir sind mehr« heißt es in der Anti-Nazi-Bewegung, aber das trifft auch auf uns Depressive zu. Wir sind mehr als potentielle Selbstmörder, Stimmungszerstörer, Miesepeter oder schwarze-Kleidung-tragende-Gruftis, die sich in die Haut ritzen. Wir sind Menschen, in denen etwas steckt, das man nicht sehen kann. Und wir Depressiven haben eine Sache, die uns alle vereint, was vielleicht daran liegt, dass wir an einer Krankheit leiden, die uns zum Denken zwingt: Wir mögen keine Oberflächlichkeit, wir mögen Tiefsinn. Darin ertrinken wir manchmal, darin versinken wir ganz oft. Und es ist immer gut, wenn uns jemand durch eine Frage aus dem Denken bringt, selbst wenn wir dann irritiert gucken.

Zwischenwort I

Ich wage nicht zu behaupten, dass ich schon immer wusste, mit mir stimme etwas nicht. Das stimmt nämlich nicht. Ich dachte, mein Leben sei ganz normal und es ginge allen anderen auch so, alle hätten diese Dunkelheit im Kopf, alle anderen wären ebenfalls voller Dramen und alle Menschen würden lieber einfach nur liegen bleiben und sterben. Oder in einem Zwischenzustand leben, der sich nicht definieren lässt. Die genaue Diagnose »Dysthymie mit abgemilderter bipolarer Störung« erhielt ich erst sehr spät, als ich meine erste und einzige Therapie machte. 2013 wusste ich, gegen wen und was ich kämpfte.

Auch wenn mir schon vorher bewusst war, dass in mir etwas Depressives schlummerte, war die Diagnose für mich wie eine Erlösung. Von diesem Tag an wurde es einfacher, weil mir verschiedene Dinge klar wurden. Zum Einen hatte mein Gegner nun einen Namen und auch seine Schwachstellen, die ich ausnutzen konnte. Auf der anderen Seite hatte er auch seine Stärken, von denen ich mich in Acht nehmen musste. Es geht nicht immer um Yin und Yang, doch tatsächlich gleicht sich vieles aus.

Seit 2013 gehe ich ganz bewusst mit der Krankheit an die Öffentlichkeit, was keine Selbstdarstellung sein soll, sondern der Kampf um Aufmerksamkeit und Anerkennung für eine Krankheit, die immer noch von vielen Menschen belächelt wird. Und dieses Verhalten der anderen Menschen macht es für uns noch schwerer mit unserer Krankheit zurecht zu kommen, weil wir uns nicht nur gegen unsere Selbstzweifel und die eigene Antriebslosigkeit zur Wehr setzen müssen, sondern auch gegen die Überheblichkeit und das Desinteresse der anderen Menschen.

Allerdings steht vor allem anderen, vor dem Kampf gegen die Krankheit und dem Kampf für die Akzeptanz immer die Diagnose. Ohne Diagnose, kein Kampf. Ohne Kampf, kein Überleben. Und wenn man kämpft, muss man wissen, gegen wen oder was man antritt, andernfalls hat man den Kampf schon verloren. Und ich verliere ungern, obwohl ich depressiv bin.

Kernkompetenz oder: Witze über sich selbst

Ich habe mich früher gern über dicke Menschen lustig gemacht. Die kann man einfach besser treffen. Darüber waren oft Menschen verärgert. Meistens waren sie nicht dick, aber sie waren trotzdem darüber verärgert, dass ich über dicke Menschen Witze gemacht habe. Denn in Deutschland gibt es Regeln für Humor: Wenn man zu einer Gruppe gehört, dann ist es auch erlaubt, sich über sie lustig machen. Wer nicht dick ist, darf nur über nicht-Dicke Witze machen. Wer nicht schwul ist, darf nur über Heteros lästern und wer nicht aus Deutschland kommt, der darf Witze über alles machen. Nur nicht über Dicke, Schwule, Lesben, Lehrer oder andere Randgruppen. Ich hatte deshalb überlegt, ob ich nicht lesbisch werde, zumal ich ohnehin auf Frauen stehe. Auf der Jagd nach Pointen muss man alles mitnehmen. Jetzt nicht Frauen, sondern Gelegenheiten.

Das kleine Zwischenhoch meiner Karriere resultierte aus dem Entschluss, ein Solo-Programm über männliche, hochbegabte, sportliche Vampire ab 40 zu machen, die bisexuell sind und sich vegan ernähren. Bei der Premiere hatte ich allerdings nicht einmal einen Zuschauer, weil ich mich selbst nicht im Spiegel sehen konnte. Einige Legenden sind wahr. Hochbegabung und Vampirismus schließen sich übrigens nicht aus.

Meine erste Frau meinte dann, dass ich gar keine Witze machen dürfte, ich sei der Witz.

Deswegen mache ich Witze über mich selbst und über meine einzige Kernkompetenz: Depressionen. Und das ist definitiv viel einfacher, als Witze über Dicke zu machen, denn Depressive laufen nicht weg, Depressive trifft man immer – ob nun mit Pointen, Schneebällen oder schlafwandelnden Vergewaltigern, die in einem elektrischen Rollstuhl sitzen, dessen Akkus leer sind. Und die haben auch kein Interesse an Menschen, weil sie in ihren Mechanismen feststecken und nicht vorankommen. Hier beißt sich die Katze in den Schwanz: Oft versuchen Menschen in Rollstühlen, sich selbst zu vergewaltigen, weil sie depressiv sind. Und, ja, ich weiß: Ich darf solche Witze nicht machen, weil ich keine Katze bin. Ich habe auch keine Katze mehr.

Ich bin aber Sternzeichen Löwe. Und bei Hagenbeck kann man sehen: Viele Löwen sind depressiv, sie stehen nur zum Fressen auf, bleiben aber sonst den ganzen Tag liegen und gucken Netflix. Die meisten anderen, geistig gesunden Menschen sind wie Antilopen. Sie hüpfen die ganze Zeit herum, verbreiten Frohsinn und fragen andere, wie denn ihr Tag war und rufen »Carpe Diem« und so. Hüpfend. Immer hüpfend. So ein Verhalten nervt und so ist es kein Wunder, dass Antilopen von Löwen gefressen werden.

Ich fresse auch Steinböcke, Schützen, Zwillinge,

Wassermänner, Krebse oder Fische, wenn sie sich wie Antilopen verhalten.

Manchmal ist es so, dass Menschen fürchten, sich bei mir anzustecken. Dass der Funke, der in mir nicht brennt, sondern alles dunkler macht, auf sie überspringt. Aber ich kann sie beruhigen, denn ich habe wirklich alles versucht, um möglichst viele Menschen zu infizieren, aber selbst ungeschützter Sex bringt gar nichts. Man kann sich auch tagelang mit mir unterhalten, es passiert gar nichts. Ich habe auch den alten Trick versucht, mit dem früher alles funktioniert hat: Ich bin zu meinem damaligen Chef gegangen und habe gerufen: »Tick, du bist!« Depressionen sind genetisch veranlagt, wie andere Krankheiten. Zum Beispiel grüne Augen. Oder lange Haare. Alles genetisch, da kann man nichts machen. Es vererbt sich weiter und wenn man Pech hat, bricht es aus, das AfD-Gen. Ich habe schon Kinder adoptiert, um sie mit Depressionen zu infizieren, aber es bringt nichts. Und wenn Kinder nicht depressiv werden, kann man sie auch gleich wegwerfen – sie sterben sonst als Antilopen und das will auch niemand. Immer alles gleich im Keim ersticken, das ist das Karma eines Depressiven. Deswegen habe ich das mit dem Essen der Plazenta auch nicht verstanden. Also Tom Cruise hat das ja gemacht, den Mutterkuchen gegessen. Was soll so etwas? Als Depressiver sagt man sich: Iss doch gleich alles! Die Mutter, das Kind, den Mutterkuchen und dann hast du deine Ruhe. Kim Kardashian hätte sich dann selbst essen können. Was für ein Spektakel.

Aber, klar, darüber macht man keine Witze, wenn man keinen Mutterkuchen hat oder keine Frau oder kein Kind. Ist. Ich esse auch keine Kinder und keine Frauen. Ich finde nur den Gedanken lustig. Kein Depressiver würde etwas essen, weil das viel zu anstrengend ist. Es sei denn, man legt es neben ihn, während er Netflix guckt. Oder Amazon Prime. Für alles andere braucht man einen Fernseher und der passt nicht ins Bett. Oder ins Löwengehege.

Anmerkung: Kein Tier wurde beim Schreiben dieses Textes verletzt oder behindert oder in der Ausübung seiner rassistischen oder Rasse typischen Verhaltensweisen gestört. So etwas muss man ja immer gleich dazu sagen, sonst gibt es auf Facebook gleich wieder Einladungen, um Petitionen zu unterzeichnen, weil dieser schwule, glatzköpfige Vampir auf der Bühne Tiere mit einer Wünschelrute tötet.

Ja, ich bin tief gesunken, was mein humoristisches Niveau anbelangt. Immerhin bin ich nicht dick. Ich könnte mich noch bewegen, wenn ich es wollte. Ich bin halt nur dauernd zu Hause, esse wenig und mache Witze über andere, damit es mir besser geht. Da kann ich bei Frauen anfangen, die zu zweit auf Toilette gehen oder bei Männern, die immer breitbeinig sitzen – ist irgendwie dasselbe und für mich lustig. Allerdings gehen selten Frauen in meiner Nähe auf Toilette, wenn ich zu Hause liege und darauf warte, dass Netflix wieder eine neue Serie veröffentlicht.

Nun gibt es immer wieder Menschen, die meine Depressionen anzweifeln und behaupten, ich hätte mir das nur ausgedacht. Oder ich würde es aus Kalkül machen, so wie ich als Säugling mich habe beschneiden lassen, um Witze über Moslems machen zu können. Diesen Menschen kann ich sagen: Grundsätzlich ist das ein toller Gedanke, aber Depressionen sind kein Spaß, sie sind auch nicht sozialverträglich. Sie sind einfach nur lästig, so wie eine summende Fliege. Und das ist dann auch der Unterschied meiner chronischen Form der Krankheit zu einer depressiven Episode und einem schlechten Tag.

• Bei einem schlechten Tag kommt eine Fliege vorbei, nervt einen und man erschlägt sie. So ein schlechter Tag geht tatsächlich vorbei, es sei denn du bist der Typ aus Breaking Bad. Oder die Fliege. Wobei ihr Tag dann auch zu Ende ist.

• Bei einer depressiven Episode, kommt so eine Fliege, summt einmal um den Kopf, setzt sich auf die Hand, fliegt gleich weg, wieder um den Kopf, summt am Ohr vorbei und kitzelt und nervt einen. Irgendwann kommt dann jemand und zeigt dir, wie du sie totschlagen kannst. Dann weißt du, wie es geht und alles ist wieder okay. Es ist »nur« okay, weil du jetzt weißt, wie nervig Fliegen sein können.

• Bei dauerhaften Depressionen ist das Summen der Fliege permanent zu hören. Du kannst das auch nicht abschalten. Du kannst fuchteln, um dich schlagen und

und schreien, es ändert sich nichts. Das liegt daran, dass die Fliege in deinem Kopf ist. Damit Ruhe ist, erschlagen sich einige Menschen selbst. Dann ist so ein Tag auch zu Ende, selbst für die Fliege im Kopf.

Gut, jetzt mache ich Witze über Fliegen, über die lacht niemand. Dabei sind Fliegen im Grunde genommen wie Depressive: Sie nerven, niemand mag sie und irgendwann sterben sie, weil sie beim Versuch, mit dem Kopf durch die Scheibe zu fliegen, vor einen Zug laufen. Ich finde diesen Gedankengang ausgesprochen witzig, zumal das Laufen vor einen Zug oder eine S-Bahn in Hamburg gar nicht möglich ist, weil niemand weiß, wann die kommen. Vermutlich sind alle Züge in Hamburg depressiv und wollen sich nicht bewegen. Aber das ist eben eine ganz andere Welt, der HVV und der Schienenersatzverkehr. Ich werde darüber mal Witze machen, wenn ich meinen Busführerschein gemacht habe. Ich fahre aber nur im Liegen und von zu Hause aus.

Ablenkung

Als Kind hörte ich oft den Satz: »Lass dich nicht ablenken, mach' erst mal eine Sache zu Ende und dann geht es weiter.« Und ich wusste nicht einmal, wohin es gehen sollte. Dabei empfand ich meine Aktionen nicht als ablenkend, sondern als bewusstseinserweiternd. Wer mehrere Dinge gleichzeitig macht, erlebt eben auch mehr. Kann er daran scheitern? Natürlich, aber er hat mehr erlebt. Wer mit dem Auto fährt und gleichzeitig WhatsApp-Nachrichten verschicken kann, ist einfach ein Mensch mit mehr Horizont in seinem Kopf. Können dabei Menschen sterben? Natürlich, aber man muss dagegenhalten dürfen, dass Jesus oder Mahatma Gandhi kein Auto hatten und trotzdem gestorben sind. Und Jesus starb am Kreuz, während er zu seinen Jüngern sprach. Dem hätte man auch mal sagen sollen: Mach' erst mal eine Sache zu Ende.

Dabei ist Ablenkung eine ganz normale Sache, ein Vorgang, der auch in der Tierwelt zum Tragen kommt. Da nennt man es Übersprungshandlung. Weil der Kopf einfach unter- oder überfordert ist, füllt er den restlichen Platz, um sich abzulenken. Sex ist auch nur eine Ablenkung. Wie viele Menschen liegen nachts im Bett wach und wünschen sich Sex? Und wenn er dann kommt, dann schlafen sie hinterher sofort ein, weil der Kopf das bekommen hat, was er schon immer wollte. Wenn es nicht das war, was man wollte, bleibt man wach. Dann isst man etwas, um sich davon abzulenken, jetzt so eine eklige, heiße Milch mit Honig zu trinken. Niemand will so etwas trinken. Ich schon gar nicht. Heiße Milch mit Honig macht mich auch nicht müde, im Gegenteil: Ich muss danach immer spucken. Danach lenke ich mich von dem schlechten Geschmack in meinem Mund mit Whisky ab, bis ich so betrunken bin, dass ich wieder Sex haben möchte. Das ist reinkarnative Ablenkung, ein Perpetuum Mobile der Beschäftigung.

Letztlich ist es ja so, dass sich alle Menschen ablenken. Wer zu meinen Auftritten kommt, lenkt sich von der Familie ab. Wer keine Lust hat, zuzuhören, lenkt sich damit ab, auf seine Hände zu gucken und so zu tun, als ob er sich unglaublich konzentrieren müsse. Und wer sich dabei ertappt fühlt, guckt entweder weiter nach unten, weil er damit zeigen will, dass er sich gar nicht ablenkt oder er guckt schuldbewusst zu mir. Ich kenne die Tricks, ich habe das ja auch immer so gemacht. Wobei ich mich ja gar nicht ablenke, ich bin einfach nur ein Multitaskin-Monster. Ich kann gleichzeitig lesen und trinken. Oder lesen und andere Menschen nerven. Ich kann auch so tun, als ob ich zuhöre und dann gleichzeitig nichts verstehen. Ich bin da vielen Menschen weit voraus, aber das lenkt jetzt nur von den wichtigen Dingen ab: Ich muss jetzt erst einmal den Gedankengang fortführen. Zum Multitasking kommen wir später noch.

Es ist nämlich immer alles Ablenkung. Alles. Laufen ist immer eine Ablenkung vom Stillstand. Oder davon, dass man zu spät dran ist und besonders sportlich den Bus erreichen will. Hinfallen ist auch nur die Ablenkung von gesund bleiben. Einige Menschen betonen ja auch immer wieder, dass man sich auch mal fallen lassen muss. Für Manager gibt es ganze Wochenenden, an denen sie lernen, sich fallen zu lassen, damit sie jemand auffängt. Weil es im Leben ja immer darum geht, sich und auch andere Dinge loszulassen. Und die Statistiken beweisen: Manager, die so ein Esoterik-Wochenende besucht haben, trennen sich danach immer von ihren Frauen. Wobei die Ehe ja immer nur eine Ablenkung von der Liebe ist. Statistiken sind Ablenkung von der Norm und Esoterik ist Ablenkung von der Esoterik ist Ablenkung von der Esoterik ist Ablenkung von Chemtrails und von Aluhüten. Man kann nicht alles haben, irgendwann holt einen die Realität ein und dann hat sie ganz sicher Globuli im Mundwinkel. Und Alkohol ist auch die Ablenkung von der Vernunft. Und Rauchen lenkt vom Asthma ab.

Die Sache mit der Ablenkung – und da hatten meine Erziehungsvergewaltiger Recht – die Sache mit der Ablenkung ist vertrackt, weil man sich dabei oft verzettelt. So Zettel sind ja auch nur Ablenkung vom Auswendiglernen. Und Politik ist Ablenkung von der Menschlichkeit. Und tatsächlich ist es ziemlich lästig, so einen Kopf zu haben, der sich in sich ständig selbst verzweigt und verläuft, in dem es so viele Ablenkungen gibt, dass die Ablenkung an sich schon so abgelenkt ist und genervt in der Ecke liegt, dass ich wieder etwas Sinnvolles machen könnte. Aber dann kommt Netflix. Und Netflix ist auch nur die Ablenkung von Amazon Prime. Und spätestens an diesem Punkt wird es wirr und extrem schwierig, in irgendeiner Form weiterzukommen, weil alles ablenkt. Sobald ich mich bewege, lenkt das vom Text ab. Wenn sich auf der Bühne auch andere Menschen bewegen, dann lenkt das wieder alle Blicke auf mich, weil die anderen niemand sehen will. Sagt mir mein Kopf und lenkt mich damit von meinem fehlenden Selbstbewusstsein ab. Es könnte immer schlimmer sein, ist es auch. Die Kinder in meinem Heimatland haben nichts zu essen, im benachbarten Indien sind Frauen nichts wert und wieder ein Land weiter, in Bangladesh, leben auf der Hälfte der Fläche Deutschlands doppelt so viele Menschen, aber sie nehmen trotzdem noch Flüchtlinge aus Myanmar auf und mein leiblicher Vater hat keine Ahnung, dass es mich gibt. Und überall ist Krieg, der ja im Grunde genommen auch nur eine Ablenkung vom Reichtum der Rüstungsindustrie ist, so wie Panzer von Kleinwagen ablenken oder das Armenhaus von der Armbrust. Aber das alles lenkt mich nicht davon ab, dass es mir schlecht geht, so altruistisch bin ich nicht. Und Altruismus ist ja auch nur die Ablenkung vom Porsche Cayenne.

Ich lenke mich ab, weil es mir immer schlecht geht. Chronische Depressionen. Habe ich schon mal gesagt, sage ich ja auch dauernd. Ich werde auch nicht müde darüber zu reden, weil das wichtig ist. Und Reden ist ja auch immer Ablenkung vom Nachdenken. Das wissen Politiker am besten. Und Depressionen sind auch wieder nur die Ablenkung von der Glückseligkeit, auch wenn man das vielleicht gar nicht will. Eine Ablenkung wider Willen. Gegen diese Dunkelheit im Kopf kommt man nur dann an, wenn man sich davon ablenkt. Oder durch den Tod. Der Tod ist ja auch immer nur die Ablenkung vom Leben. Aber auf den Tod komme ich später noch mal zurück, denn ich möchte jetzt erst einmal eine Sache zu Ende bringen, bevor sie mich zu Ende bringt.

Alles in meinem Kopf

Das Leben ist ja schon ausgesprochen verrückt. Ich für meinen Teil wäre gern nicht geboren worden. Das klingt jetzt vielleicht etwas seltsam, aber angesichts meiner zahlreichen psychischen Defizite ist das dann auch wieder verständlich. Meistens hebt nun jemand die Hand und erklärt, dass es in meinem Fall auch optische Defizite gibt. Das mag sein, aber ich wollte ja auch gar nicht geboren werden – die Gründe überlasse ich jedem selbst. Das Dumme ist nur, dass ich es ja vor der Geburt nicht artikulieren konnte und jetzt, da ich es kann, ist es zu spät. Vielleicht. Ich bin ein ungewolltes Kind, das dann auch noch adoptiert wurde – und schließlich Künstler wurde. Meine Eltern haben deshalb mehrfach versucht, mich umzubringen, aber dann habe ich den Fön versteckt und mittlerweile benutze ich ihre Badewanne nicht mehr. Der Wunsch, ungeboren zu sein, steckt also nicht nur in mir.

Ich habe aus diesen und verschiedenen Gründen deswegen schon damit begonnen, mir eine eigene Welt aufzubauen. Mit dem Anfangen ist das ja auch immer so eine Sache. Gerade wenn man sich etwas vorgenommen hat, um es auch in die Tat umzusetzen, dann braucht man einen wirklich guten Start. Vor allen Dingen dann, wenn man sich eine Welt aufbauen möchte. Und in jedem Anfang soll ja ein Zauber wohnen, das hat Hermann Hesse gesagt. Oder Gandalf.

Nein, der hat gesagt, dass in jedem Anfang ein Zauberer wohnt. Oder irgendein andere Esoteriker. Aber die Hauptsache ist, man fängt mit etwas an, bevor man den Gedanken daran verwirft. Bei mir ist es oft so, dass ich eine tolle Idee habe, sie aber nicht bis zur Umsetzung bringe, weil mich nur der Gedanke fasziniert, nicht aber die Tat. Mental laufe ich zum Beispiel jeden Morgen einmal um die Alster. Ich schaffe es mittlerweile auch, bei diesem Gedankenlauf zu schwitzen. Am nächsten Tag habe ich oft Knieschmerzen, meine Kondition hat sich aber deutlich verbessert. Ich kann jetzt viel länger denken, dass ich laufe. Mittlerweile kann ich mir den Lauf so gut denken, dass mir mein Fitness-Programm auf dem Handy die Kilometer gutschreibt. Und manchmal bewege ich dann sogar die Zehen im Takt.

Oder das Einkaufen. Ich weiß, was ich brauche, ich habe einen genauen Plan, manchmal ziehe ich mir dann auch schon die Schuhe an, aber wenn ich dann an der Kasse bin, dann lege ich mich wieder hin. Das passiert alles in meinen Gedanken. Wobei ich mich vor einigen Tagen mal direkt an einer Supermarktkasse hingelegt hatte, weil ich mir das alles gar nicht gedacht hatte, sondern ausnahmsweise wirklich unterwegs war. In meinem Kopf laufen Filme ab, da setzt sich dann alles zusammen, da schmeckt dann Poppenbüttel plötzlich wie New York und Gurken sind die neuen Gemüsechips. So stand es im Abendblatt, ich merke mir das alles und setze es an den Stellen zusammen, die mir passen. Das passt nicht immer, aber es ist ja meine Welt, meine Show. Hier kann ich tun, was ich nicht tun will. Und das klappt natürlich nie, aber in Gedanken bin ich fertig und der Meister aller Klassen. Wobei ich gern Zweiter werde, dann wundere ich mich nicht, warum ich keine Preise im Regal habe. Wenngleich ich gar keine Regale habe, denn die meisten Bereiche meiner Wohnung habe ich mir nur ausgedacht.

Mit dem Schreiben von Texten ist das ähnlich, da bin ich im Geiste schon längst fertig, bevor ich überhaupt den Rechner eingeschaltet habe. Warum soll ich das alles also noch aufschreiben? Dabei ist es ja nicht so, dass ich prokrastiniere. Ich breche ja nichts ab, ich fange gar nicht erst an, weil ich in Gedanken schon fertig bin. Ich habe schon viele Romane geschrieben und veröffentlicht, die noch kein Menschen gelesen hat, weil sie nirgendwo erschienen sind. Deswegen war ich auch schon mit vielen Frauen zusammen, habe aber nur EINEN Sohn. Ich denke mir meinen Teil. Sex kann in der Realität gar nicht so toll sein, wie ich ihn mir ausdenke. Ich war also auch gar nicht mit vielen Frauen zusammen. Und wenn, dann auch nur in meinem Kopf. Und auch das endet schnell wieder, weil ich fertig werden will, bevor ein wichtiger Gedanke eintrifft, damit ich wieder etwas Neues anfangen kann. Eine schnelllebige Welt in mir, das kennen wir ja aus der Realität, wobei ich behaupte, dass ich vor der Realität da war.

Ich bin dadurch auch ein perfekter Amokläufer, ich habe nur aufrichtige Motive. Natürlich keine christlichen, sondern monetäre oder humanitäre Motive. Das Senken der Weltbevölkerung ist ein sehr verständlicher Ansatz für einen Amoklauf. Oder einen Atombombenabwurf. Oft kann ich den Gedanken aber gar nicht zu Ende denken, weil ich denke, dass das ja alles gequirlte Scheiße ist. So wie die »Unendliche Geschichte«. Ja, tolles Buch, aber der Titel hält ja niemals das, was er verspricht. Ich habe es deswegen damals auch nicht bis zum Ende gelesen, damit wenigstens ein Funken Wahrheit darin steckt. Funken, gutes Stichwort. Rom sollte auch mal wieder angezündet werden, in meinem Kopf brennt es immer so munter.

Entschuldigung, manchmal springe ich in den Gedanken, es ist ja alles nur in meinem Kopf. Manchmal auch in anderen Köpfen, aber das kann ich dann nicht so gut kontrollieren. Ich kann andere Menschen ohnehin nicht so gut kontrollieren, einige hören mir gar nicht mehr zu. Vielleicht, weil ich die Dinge nicht immer richtig ausformuliere sondern von einem Gedanken zum nächsten jage. So wie mit der Musik von Trentemøller, der Mann ist aus Dänemark. Zum Beispiel. Strände wie auf den Seychellen, da hat mein Onkel Häuser und der war mal Kreismeister. Ich bin hingegen auf Level 82, das erzähle ich auch gern jedem und wer dann fragt, worin, dem sage ich: In allem, ich bin in allem auf Level 82. Beachtlich, nicht wahr? Das ist für mich jetzt nicht zusammenhanglos, ich denke nur schnell. Und, zack, ist es dann auch schon wieder vorbei. Von Trentemøller zum Level 82 im Bruchteil einer Sekunde – doch das ist ja auch nur in meinem Kopf.

Aber ich bin nicht repräsentativ, ich bin hin und wieder etwas lethargisch. Für diejenigen, die sich mit Fremdworten nicht auskennen: »Lethargisch« ist die elitäre Form von »faul«. So wie »Hipster« das andere Wort ist für »Zurückgeblieben«. Aber es gibt ja auch noch die Menschen, die immer können und wollen und auch sofort mit anpacken, wenn es darauf ankommt. »Oh, ihr braucht Hilfe beim Umzug? Ich habe Zeit und einen Transporter und arbeite im Asylantenheim, die kommen auch alle mit.« Die Gutmenschen pur, neben denen man nur schlecht aussehen kann. »Ich kann auch auf dein Kind aufpassen, ich hab' ja Pädagogik studiert und meine Nachbarin hatte auch schon drei Fehlgeburten und ich kann super Kuchen backen.« Solche Menschen meide ich, neben denen sehe ich immer schlecht aus. Ich stünde gern neben Frau Merkel oder neben Olaf Scholz, die denken sich ihre eigene Welt und da klappt dann alles. Ich wäre demnach auch ein guter Bürgermeister oder Bundeskanzler oder Pornostar.

Im Grunde genommen ist meine Art zu leben wohl die einzig richtige: Ich kann alles, ich mache alles, aber nicht richtig. Und diesen Gedanken sollte man wirklich mal konsequent zu Ende denken. Wenn die

Bundesregierung Waffen nur gedacht exportiert, dann passiert das alles gar nicht. Bis zu den Flüchtlingen, die dann gar nicht kommen, weil sie entweder nur in Gedanken fliehen oder eben gar fliehen, also nicht einmal in Gedanken, weil es ja gar keinen Krieg gibt. Schließlich wurden alle Waffen ja auch nur gedacht exportiert. Die Zwischenschritte mit den Ministern und Lieferungen muss sich jeder selbst denken. In jedem Fall sollte jedem klar sein: Das System funktioniert. Es funktioniert weltweit, alles findet nur in den Köpfen statt, wir denken uns unseren Teil und müssen uns weder fürchten noch das Haus verlassen. Wer unbedingt Reisen will, kann das ja trotzdem tun. In Gedanken.

Allerdings funktioniert das alles auch in der umgekehrten Variante: Im Falle eines Flugzeugabsturzes heißt es dann Ruhe bewahren, dem Nebenmann fest in die Augen sehen und sagen: »Ihr Gehirn spielt Ihnen gerade einen üblen Streich: Schlagen Sie sich das alles hier mal aus dem Kopf!« Und dann ist es auch gut, nichts passiert!

Bislang konnte mir noch niemand das Gegenteil beweisen, weil die meisten, die mit dem Flugzeug abstürzen, hinterher sehr wortkarg sind. Und auch gedankenlos. Wir nutzen ja auch nur einen Bruchteil unseres geistigen Potentials. Es wäre also durchaus sinnvoll, sich mal ein paar Welten im Kopf aufzubauen und das Denken zu üben. Es muss nur mal ein Anfang gemacht werden.

Es sind immer zu viele

Da kann man machen was man will: Egal, wohin du gehst, es sind schon Menschen da. Oder sie waren schon mal da. Als Kind habe ich mir immer vorgestellt, dass dieses Stück Waldboden, auf dem ich gerade stehe, noch niemand betreten hat. Mein Stück Wald, das mir ganz allein gehört. Romantische Vorstellung. Meistens stand ich dabei in irgendeinem Kothaufen. Im Wald liegt immer irgendein Kot herum. In den Straßen von Winterhude auch. Da läuft auch immer ein alter Mann mit seinem alten Hund herum, bei denen man nie weiß, wer zuerst stirbt. Die schleppen sich durch die Straßen der Stadt und hinterlassen auch sagenhaft große Haufen. Und man weiß auch nicht genau, wer von beiden die gemacht hat. Wenn einer von beiden stirbt, werden wir es wissen. Bis dahin lasse ich sie in Ruhe, das ist so ein Grundsatz von mir. Es hat nichts mit Gelassenheit oder Toleranz zu tun, sondern nur damit, dass ich mit anderen Menschen nichts zu tun haben will.

Leider sind nicht alle Menschen so. Es gibt so viele Menschen, die kommen mir einfach so zu nahe, ohne, dass ich das will. Ich verstehe diese Menschen nicht. Was ist der Hintergedanke von Personen, die mich in der Fußgängerzone ansprechen mit dem Satz: »Du möchtest doch auch, dass die Wale überleben?« Wer kommt auf so einen Scheiß? Ich antworte in der Regel mit einem: »Nö, ich habe noch nie einen Wal gesehen. Ich glaube, die sind schon alle tot und ihr wollt nur mein Geld.« Einmal hatte mich sogar jemand am Arm angefasst, um mich festzuhalten. Es war vermutlich gar nicht böse gemeint. Der Arm hängt längst als Trophäe über meinem Kamin.

Meistens lassen diese Umfrage-Menschen mich dann in Ruhe. Vor allem, weil ich weitergehe. Und. Die können mir nicht folgen, denn die finden dann nicht mehr den Weg zurück. So stelle ich es mir vor. Was man sich als Depressiver eben so vorstellt: Alle Menschen sind verloren und möchten aus dem Bällebad abgeholt werden. Das denke ich dauernd, gerade dann, wenn ich in der U-Bahn bin. Da sehen alle Menschen immer so aus wie Vollwaisen, die gerade erfahren haben, dass sie nicht erben werden. Und Mama und Papa können sie auch nicht abholen. Die sind tot! In solchen Momenten mag ich den Öffentlichen Personennahverkehr.

Ganz grausam sind auch diese Personen im Supermarkt, die hinter einem kleinen Stand stehen und dort Nahrungsmittel wohlfeil bieten. Immer, wenn ich Menschen sehe, die an diesen Ständen stehen und etwas probieren, dann habe ich Mitleid. Das ist so wie QVC to go: Du kaufst irgendeinen Scheiß, der dir ganz überschwänglich angeboten wird und zu Hause schmeckt das wie der Rest vom Geschirrspülmittel. Vegan, ohne Zucker und super gesund. So einen Job am Verkaufsstand kann doch nur eine Resozialisierungsmaßnahme von Pädophilen sein, die auf diese Weise beaufsichtigt arbeiten und keinen Schaden anrichten können. »Ihr wollt mich nur vergiften«, schreie ich die immer an, »anfassen, vergiften und umbringen!« Meistens sprechen die mich nie wieder an. Nirgendwo. Das ist mir auch sehr Recht. Irgendwie muss ich ja mal zur Ruhe kommen.

In dieses Raster der übergriffigen, extrem kommunikativen Menschen fallen auch Menschen, die mich nach dem Weg fragen. Auf welchem Planeten leben die? Nehmt euch ein Taxi! Wofür gibt es Smartphones? Was ist aus den Stadtplänen geworden? Ich verstehe die nicht! Die Welt könnte so friedlich sein, wenn sich die Menschen ein wenig mehr mit sich selbst beschäftigen würden. Keine nervigen Fragen, kein belangloser Smalltalk, statt Worte mehr Gedanken, statt Krieg mehr Frieden und statt Sex mehr Masturbation. Irgendwann dann auch Masturbation ohne Selbstgespräche. Dann wird es ganz ruhig. Hier. Auf dem Planeten.

Aber von der Ruhe und von der Privatsphäre sind wir meilenweit entfernt. Wenn ich im Bus irgendwo allein auf einer Bank sitze und zehn andere Plätze sind noch frei, dann steigt jemand zu und setzt sich neben mich. Warum? Kennen die mich? Ist das irgendein geheimer Code, den ich nicht kenne? Oder. Wenn ich eine öffentliche Toilette benutze und mich an eines der sieben Pinkelbecken stelle, dann kommt immer ein Mann rein, der sich neben mich stellt. Was denken die sich? Wollen die abgucken? Etwas lernen? Ich überlege mittlerweile, Kurse an der Volkshochschule anzubieten »Respektvoll urinieren.«

Dabei ist es ja nicht so, dass immer ich mich den Übergriffen von Menschen ausgesetzt fühle. Denn stets dann, wenn ich mit dem Sohn unterwegs bin, dann wird er angesprochen. Meistens mit dem Satz: »Na, wie alt bist du denn schon?« Und dann tätschelt dieser Mensch über den Kopf von meinem fünfjährigen Sohn. Ich habe ihm für solche Fälle Kickboxen beigebracht. Auf diese Weise haben wir es geschafft, beim Einkaufen zusätzlich ein paar Euro zu verdienen. In den Fällen, in denen die übergriffigen Rentner so rüstig sind und ausweichen können, merke ich mir ihr Gesicht und warte darauf, sie mal irgendwo allein anzutreffen. Entweder peitsche ich sie dann mit meinem Ledergürtel aus oder ich greife zu meinem Lieblingsplan: Ich gehe mit einem freundlichen Lächeln auf sie zu, tätschle ihnen den Kopf und frage: »Na, wie alt bist du denn? Wo ist denn dein Papa?« Auf diese Weise wird das Leben für mich immer einsamer, was nicht die schlechteste Lösung meiner psychischen Probleme ist.

Allerdings ist das, was ich erlebe, Jammern auf ganz hohem Niveau. Es ist meine psychische Störung, die mich in Sachen Menschen und Zusammensein sehr sensibel macht und wenn ich es so empfinde, dass mir jemand zu nahe kommt, dann ist das sehr subjektiv. Und letztlich bin ich immer noch ein halbwegs kräftiger Mann, der sich im Notfall selbst helfen kann. Und letztlich sind meine Probleme winzig im Vergleich zu denen unzähliger Frauen, die solche Übergriffe in ganz anderem Maß und Umfang täglich erleiden müssen. Und auch wenn ich schon das Opfer sexueller Übergriffe oder Misshandlungen war, ist das alles nicht dasselbe. Aber es läuft alles immer auf dasselbe hinaus: Respekt im Umgang mit anderen Menschen. Und dieser Respekt kommt in meinen Augen immer mehr zu kurz. Und Respekt ist das Fundament, das Stück Waldboden, auf dem jeder für sich steht, aber irgendwie auch alle gemeinsam.

Zwischenwort II

Mein Humor ist böse. Ich habe ihn an meine Krankheit angepasst. Manchmal dichtet man mir an, ich sei verbittert, aber das stimmt nicht. Ich bin kampflustig, ich bin manchmal auch voller Energie und ich freue mich, wenn ich meiner Krankheit mit Humor begegnen kann. Wie aber begegnet man jemandem, der einem suggerieren möchte, dass es besser ist, sich umzubringen? Mit schwarzem Humor, so funktioniert das bei mir. Oft habe ich das Gefühl, dass ich den Depressionen auf diese Weise eins auswischen kann. Ein gutes Gefühl ist in diesem Zusammenhang wirklich Gold wert und wenn ich dann noch Menschen finde, die diesen Humor teilen, wird es richtig interessant.

Mit Humor erreicht man die Menschen und wenn man Menschen erreicht, hat man ihre Aufmerksamkeit und sie interessieren sich für das, was man sagt. Jahrelang habe ich versucht mit ernsten Texten die Menschen darauf hinzuweisen, wie grausam Depressionen sind, aber niemand hörte zu. Als ich mich dann im Herbst 2016 entschied, ein Kabarettprogramm zu diesem Thema zu schreiben, hielten mich viele Menschen für verrückt. Viele Veranstalter sind drei Jahre später immer noch ängstlich und wollen das Programm nicht auf ihrer Bühne sehen. Aber das zeigt, wie schwierig es mit dieser Krankheit ist, wie kompliziert der Umgang damit ist. Und deshalb freue ich mich über jede Bühne, auf der ich spielen darf und ich freue mich über jeden, der sich spätestens dann mit dem Thema auseinandersetzt. Mit Humor geht es leichter, auch wenn der Inhalt oft bleischwer ist. Deswegen ertrinken auch viele Menschen darin, was nicht lustig ist, aber genau meinem Humor entspricht.

Kaputte Typen

Mein Leben wird bestimmt von Dingen, die ich nicht verstehe. Dabei geht es gar nicht darum, dass Frauen und Männer nicht zusammen passen, aber ohne einander nicht auskommen. Kürzlich sah ich eine junge Mutter, die ihr Kind vor sich herschob. In einem Kinderwagen, alles andere wäre ja auch seltsam gewesen. Das Kind fing an zu schreien und auch das ist ein natürlicher Vorgang. Die Mutter beugte sich zu ihrem Kind herunter und machte das typische Geräusch vieler Eltern: »Ssssssscccchhhhh...« Ich verstehe das nicht. Da will jemand etwas sagen und der Mensch, der zuhören sollte, macht dieses Geräusch. »Ssssssscccchhhhh...« Aber man kann das auch zu Ende denken. Wenn mir jemand nach dem Auftritt irgendetwas erzählen will?

»Ssssssscccchhhhh...«

In einer Beziehung, wenn die Freundin noch einmal auf das Thema Kinder zu sprechen kommen will? »Ssssssscccchhhhh...«

Wenn die AfD im Bundestag an das Rednerpult tritt – und alle Abgeordneten: »Ssssssscccchhhhh...«

Oder wenn der HSV ein Tor schießt und die Südkurve sofort: »Ssssssscccchhhhh...«

Das mag lustig sein, trotzdem verstehe ich es nicht. Das ist eine Form der Kommunikation, die mir unbekannt ist. Der eine hat etwas zu sagen, der andere verweigert das Zuhören.

Aber.

Das ist ja bei vielen Dingen so, dass sich Gegensätze anziehen. So wie bei Ebbe und Flut oder der katholischen Kirche und Analverkehr. Nein, ich scheitere an so Kleinigkeiten wie modischen Trends. Dabei muss ich zugeben, dass ich noch nie wirklich etwas mit Mode zu tun gehabt habe. Ich trage seit meiner Geburt fast ausschließlich die Farbe Schwarz und immer dann, wenn das mal in Mode kam, war ich auch im Trend. Doch das trifft nur auf die Farbe zu, denn was Schnitt und Design anbelangt, bin ich der biblische Typ: Eine Hose mit Reißverschluss gepaart mit einem T-Shirt oder einem Pullover. Also das, was auch Jesus so trug. Alles andere wird mir zu viel. Schals zum Beispiel, die bei jedem Wetter getragen werden müssen oder auch Taschen, die man sich umhängt. So etwas ist für mich unverständlich. Ich bin immer noch der Meinung, dass das einzige, das ein Mann um den Hals tragen sollte, ein solider, gut geknüpfter Strick ist. Das gilt sowohl für Depressive wie mich, als auch für Menschen mit anderen psychischen Störungen wie Politiker, Journalisten, Eltern oder Menschen, die im Kindergarten arbeiten. Dummerweise wurde Jesus ja nicht erhängt, der Vergleich hinkt also ein wenig.

Aber Mode ist eine Sache, die sich mir

grundsätzlich nicht erschließen will. Es ist doch so: Irgendjemand denkt sich etwas aus, so einen Unfug wie die Karottenjeans in den 80ern, und dann kaufen das alle. Warum? Auf diese Idee kann nur ein Veganer gekommen sein, der einmal in der Haut seiner Nahrung stecken wollte.

Gut, die 80er waren eben auch wild, was die Mode anbelangt, es gab da ja auch noch die Neonfarbe und es gab die Schulterpolster. Schlimm, wirklich. Aber das ist kein Vergleich zu dem, was heute passiert.

Das Problem besteht aus zwei Worten: »Destroyed Jeans«. Ehrlich. Wer kommt auf die Idee, Hosen zu verkaufen, die kaputt sind? Und wer kauft sich Hosen, die kaputt sind? Und wer macht youtube-Videos, um zu zeigen, wie man intakte Hosen zerstören kann? Gibt es tatsächlich Menschen, die nicht wissen, wie man Stoff zerstört? Das verwirrt mich. Was sind das überhaupt für Menschen, die sich so eine kaputte Hose kaufen? Ich stelle mir dann immer den Obdachlosen vor, der sich sagt: »Ach, bevor ich mein Beinkleid durch das dauernde Rumliegen auf der Straße ruiniere, kaufe ich mir doch gleich ein defektes Kleidungsstück.« Oder Menschen mit psychischen Störungen, da passt dann die Hose zum Inneren. Das denke ich mir dann immer, wenn ich so Menschen mit »Destroyed Jeans« sehe: »Oh Mann, die hatten bestimmt einen Adoptivvater.« Oder sie hatten keinen Vater.

Oder.

Alle Menschen mit zerrissenen Hosen sind Retortenbabys gewesen. Das ergibt Sinn!

Das denke ich mir. Aber ich bin eben auch verwirrt wegen solcher modischer Auswüchse. Ich kann in solchen Momenten auch gar nicht aufhören zu denken, das geht immer weiter. Wer sich solche Hosen kauft, was macht der beim Autokauf? Geht der zum Verkäufer und fragt, ob es den Mercedes auch ohne Kotflügel gibt?

»Ja, der VW ist toll, aber gibt es den auch ohne Auspuff?«

»Ferrari, ja, ganz kolossal spannend – aber der ist ja ganz ohne Rost!«

Es muss doch einen Zusammenhang geben, es muss doch einen deutlichen Trend in der Mode geben, der sich dann wie ein roter Faden durch alles zieht. Das kann doch keine Eintagsfliege sein, das muss etwas in Bewegung setzen. Wird es vielleicht darauf hinauslaufen, dass sich Menschen, die sich kaputte Hosen kaufen, sich auch mehr für Behinderte oder Versehrte als Beziehungspartner interessieren? Kommen jetzt Personen mit fehlenden Gliedmaßen in Mode? Nachdem jahrelang mit Burnout und Depressionen eher psychische Erkrankungen die Trendsetter der Gesundheit waren, tut sich nun ein ganz neues Feld für den medizinischen Apparat auf. Ich spiele jetzt nicht auf Enthauptungen an, wobei das bei einigen Menschen wirklich sinnvoll wäre. Auf der anderen Seite kann durch die Entfernung von Extremitäten so eine Nachkriegsstimmung heraufbeschworen werden, die auf der einen Seite für einen Aufschwung sorgt – inklusive ganz neuer Möglichkeiten auf dem Arbeitsmarkt – und auf der anderen Seite endlich mal einen Trend konsequent zu Ende führt.

Neulich beim Immobilienmakler: »Ja, die Wohnung ist ganz schick, aber könnten Sie vielleicht vorher noch eine Handgranate reinwerfen?« Das macht doch niemand! Oder wenn doch, machen jetzt Menschen Urlaub in Kriegsgebieten, um eine posttraumatische Störung ihr Eigen nennen zu können? Und, klar, ich bin auch kaputt, aber wenn ich Löcher in meiner Seele habe, dann durch meine Kindheit und den Rest des Lebens. Wenn ich Löcher in der Kleidung habe, dann sind das Abnutzungserscheinungen, die nach jahrelangem Gebrauch auftreten. Zerstörungen entstehen, die lässt man nicht herbeiführen.

Aber, bitte, ich bin verwirrt von diesen modischen Trends und denke die Dinge einfach weiter, wie sie sich in meinem Kopf entwickeln. Ich denke mir immer meinen Teil. So wie ich es mir auch jedes Mal vorstelle, dass die aufgestellten Windräder gar nicht dafür da sind, vom Wind bewegt zu werden und Energie zu erzeugen, sondern eigentlich dafür verantwortlich sind, dass sich die Erde schneller dreht, damit die Zeit vorbeigeht. Oder auch dass all die Menschen in den Büros, die als Key Account Manager arbeiten und mir nicht erklären können, was das eigentlich ist, dass alle diese Menschen im Grunde nur beschäftigt werden, damit jemand die ganzen Schreibtische kauft. Oder das Internet, das nur deswegen erfunden wurde, damit man sich keine Geschlechtskrankheiten holt. Dafür kriegt man dann eben andere Viren. Gut, Herpes, Feigwarzen oder HIV sind im Grunde genommen nichts gegen den Verlust von Daten auf einer Festplatte. Oder das Drama von offen gelegten Passwörtern. Man muss das immer im Verhältnis sehen. Lieber die Privatsphäre wahren, als die Gesundheit. Ich denke dann immer, dass ich alle Passworte meiner kleinen Kopfwelt eintauschen würde gegen intakte Zähne. Aber vielleicht wird das auch irgendwann Mode: Man lässt sich Zähne ausschlagen, damit man bei schlimmen Kindheitserinnerungen mitreden kann.

Ja, ich bin verwirrt. Und ich bin natürlich auch ein kaputter Typ. Alles wegen der Mode und wegen meines beschränkten Kopfes, der sich fragt, warum wir uns nicht mit den wirklich wichtigen Dingen beschäftigen. So etwas wie die Tatsache, dass man keinem Menschen das ansieht, was in ihm steckt – ganz egal, was er für Kleidung trägt. Denn auch, wenn wir uns mit dem Äußeren so viel Mühe geben, liegt die wahre Arbeit darin, die Löcher in unseren Köpfen nach außen so charmant wie möglich wirken zu lassen. Denn irgendwie sind wir doch alle kaputte Typen und versuchen, dabei möglichst gut auszusehen.

Aber wer mir das Gegenteil beweisen will und mir erklären möchte, dass es auch eine ganz andere Sicht auf diese Dinge gibt, dem begegne ich mit einem gepflegten

»Sssssssccchhhhh...«

Ganz normal

Ich bezeichne mich nicht als verrückt oder seltsam. Als verrückt bezeichnet sich nur jemand, der ganz normal ist. Ich kann das verstehen, niemand möchte gern so sein, wie er ist. Deswegen bezeichne ich mich gern als ganz normal. In den meisten Momenten. In den anderen Momenten bin ich komplett verrückt, aber das behaupten nur meine Freunde. Zum Beispiel wenn ich Auto fahre. Oder wenn ich gucke. Ich finde das nicht verrückt, ich finde das normal. Ich finde es ja auch normal, dass ich Menschen nicht mag. Also ich mag Menschen, aber nicht, wenn sie in meiner Nähe sind. Es sei denn, sie riechen gut. Nach Vanille zum Beispiel. Oder Karamell. Oder nach Bäumen. Aber sonst können mir Menschen nichts geben. Sie nerven. Besonders Männer mit kleinen Nasen, die sind mir suspekt. Da frage ich mich immer, ob das genetisch so sein muss oder ob das an der Erziehung liegt. Kann ja sein, dass die als Kind viel auf die Nase bekommen haben. Oder die mussten immer so einen Mundschutz tragen, der die Nase daran gehindert hat, dass sie wächst. Mit Bonsais macht man das ja auch so, da beschneidet man die Wurzel und dann bleiben die Blätter klein.

Männer mit kleinen Nasen, was soll das? Das sieht doch einfach seltsam aus. Oder kleine Männer mit großen Nasen, das ist noch gefährlicher, um die mache ich immer einen großen Bogen, das sind für mich immer potentielle Diktatoren. Hitler, Napoleon, Cäsar – alles schlimme Typen, kleine Männer mit großen Nasen.

Kleine FRAUEN mit großen Nasen sind aber harmlos, zumindest werden sie keine Diktatoren. Königinnen vielleicht, wie Kleopatra zum Beispiel. Deswegen hatte ich auch mal so eine Frau geheiratet, sie war dann aber nur Ärztin und hatte kein Reich und auch keine Lust irgendetwas zu erobern. Mich auch nicht. Und küssen konnten wir uns ebenfalls nicht, weil die Nasen das gar nicht zuließen. Eine Frau mit einer KLEINEN Nase kommt aber auch nicht infrage, denn da denke ich immer: »Das ist doch nicht normal, die hat doch irgendwas machen lassen!« Und dann suche ich den restlichen Körper ab, ob da irgendwo Einschnitte sind, wo man den Rest der Nase verstaut haben könnte. Vielleicht wurden mit der Nasenscheidewand die Beine verlängert. Oder irgendetwas anderes, ich traue niemandem.

Noch schlimmer sind ja Frauen mit so einer sanften Stimme, da drehe ich dann komplett durch, wenn die so Sätze sagen wie: »Ich finde es toll, dass du mir Blumen mitgebracht hast.«

Das klingt erst mal super, vielleicht sogar sexy. Aber ich kann dann an nichts anderes mehr denken als an »Alien«. Also an den Film und die Szene fast am Ende. »Achtung, Achtung, die Selbstzerstörung wurde eingeleitet. Detonation in 30 Sekunden.« Das ist nicht sexy, da kriege ich Panik, da fühle ich mich entweder wie in einem Raumschiff oder in einem Mercedes mit eingebautem Navi, das mir sagt »Bestimmungsort erreicht.« Als ob irgendjemand wirklich wüsste, was seine Bestimmung ist. Ich brauche so ein Navi nicht, ich habe ja auch keinen Mercedes, ich kann die Straße sehen, ich muss sie mir nicht erklären lassen.

Mit diesen Navis ist das ja ohnehin so eine Sache. Mittlerweile gibt es da zig verschiedene Sprach-Versionen wie Plattdeutsch, Bayrisch, Sächsisch, Japanisch oder Darth Vader oder Yoda. Wer will das hören? Wenn ich das wollte, dann würde ich Yoda besuchen. Oder Sachsen. Niemand will das. Meine Schwiegermutter als Stimme wäre aber cool. So etwas wie: »Na, toll, hier hätten wir rechts gemusst. Ich hab' dir gleich gesagt, dass du 'nen anderen nehmen sollst. Andere Ausfahrt, anderer Mann und alles ist gut. Jetzt drömeln wir hier noch zehn Minuten länger rum. Das geht alles von meiner Lebenszeit ab.«

Das hat doch was, darin liegt die Zukunft. Auch für meine Schwiegermutter, die könnte dann den Rest ihrer Zeit in dem Gerät verbringen. Oder wie man das eben programmiert. Wobei ich gar nicht von meiner richtigen Schwiegermutter spreche, sondern von der anderen. Die davor, die von meiner Ex-Frau mit der großen Nase. Meine jetzige Frau hat gar keine Nase, das ist genetisch und das beruhigt mich ungemein. Und ihre Mutter passt auch nicht in ein Navigationssystem.

Noch besser wäre für einen Depressiven wie mich ein seelenverwandtes Navigationssystem. Das kann dann auch gern mit einer sanften Stimme sprechen, DAS nervt mich dann auch nicht. So etwas wie: »Ach, ich weiß nicht, ob wir heute überhaupt losfahren sollten. So richtig Lust habe ich nicht.

Hm.

Ach.

Weißt du.

Da vorn kommt eine Kreuzung.

Ist eigentlich egal, wohin du fährst. Wir kommen ja doch nie an.

Hast du eigentlich Rasierklingen eingepackt?

Kannst du kurz mal anhalten, ich fühle mich gerade nicht so wohl.

Weißt du.

Wenn du langsam nach links driftest, da wartet dann der Gegenverkehr.«

Für mich klingt das gut, da bekommt das Fahren eine ganz neue Dimension. Da wird man automatisch ruhig gestellt. Keine Hektik mehr und keine Dramen mit den anderen Autofahrern. Womit wir wieder bei anderen Menschen sind, die mich nerven. So Menschen mit beiden Händen am Lenkrad, die sind verdächtig. Wie wollen die denn nebenbei essen und trinken? Wer beide Hände am Lenkrad hat, hat auch Sex ohne Licht. Wobei es bei einigen Menschen ja nur ohne Licht geht. Das ist dann auch wieder in Ordnung. Zum Beispiel bei großen Männern mit kleinen Nasen, die wollen immer, dass das Licht ausbleibt. Verständlich.

Frauen mit langen Haaren lassen das Licht an, die sind aber auch nie mit kurznasigen Männern zusammen. Und wenn doch, haben sie sanfte Stimmen.

Was ich ja gar nicht mag, sind Kinder. Mein eigener Sohn ist okay, aber alle anderen sind irgendwie eklig. Kinder sind ja im Grunde genommen auch immer Menschen mit kleinen Nasen.

Noch schlimmer sind Männer mit tiefen Stimmen. Das klingt dann immer so gewollt seriös, so als ob sie alles im Griff hätten. Männer mit tiefen Stimmen reden auch immer so langsam und wenn man sie fragt, wie ihnen der Film gefallen hat, sagen sie Dinge wie: »Er war ganz gut gemacht, aber an Casablanca kommt er nicht heran.« Und dann glaubt man das auch noch.

Oder Männer mit Seidenschals.
Oder rosa Hemden.
Oder tätowierte Kinder.
Oder Frauen mit großer Armbrust.
Oder Mädchen mit Handys.
Überhaupt Menschen in Anzügen.
Oder Menschen in Aufzügen.

Es führt immer alles dazu, dass ich mit Menschen nichts zu tun haben will, es sei denn, sie entsprechen meinen Kriterien.

Was natürlich gar nicht geht, sind Menschen mit

Vorurteilen, die hasse ich wie mich selbst. Und was den Hass auf mich selbst anbelangt, da bin ich ganz ehrlich, da empfinde ich mich ganz normal.

Gesetzmäßigkeiten

Ich bekomme sehr viele seltsame Fragen gestellt, wenn ich von der Bühne komme. Oft geht es dabei um die Kunst und die Ernährung, manchmal auch um die Kreativität oder um die Wahl meiner Schuhe, mitunter diskutiert man gern mit mir über politische Themen, weil ich davon keine Ahnung habe. Kürzlich fragte mich ein junger Mann nach einer Show: »Sag mal, du bist doch schlau: Was hältst du eigentlich von Körbchengröße F?« Ich war mir nicht ganz sicher, was ich mit dieser Frage anfangen sollte. Zumal ich mir bei dem Herren nicht sicher war, ob er überhaupt Cup B füllen könne und ob ich diese sexuellen Avancen ernst nehmen müsse. Vielleicht hatte ich mich auch einfach verhört und deswegen antwortete ich: »Ich halte sie mit beiden Händen, sonst fallen sie runter.« Es mag sein, dass das wirr klingt. Und es gibt immer jemanden, der sagt, ich würde zusammenhangloses Zeug schreiben, das wirr und nicht wirklich lustig ist. Vielleicht liegt das an diesen seltsamen Fragen, die mir gestellt werden oder die ich mir manchmal selbst stelle.

Letztlich sind diese Fragen nur die Auswüchse von Gesetzmäßigkeiten, die sich nicht umgehen lassen. Einiges ist verständlich, anderes nicht. Es sind ungeschriebene Gesetze und ich spreche nicht von Murphys Law, nach der ein Butterbrot immer auf die

Seite fällt, auf der sich die Butter befindet. Dieses Gesetz kann man im Übrigen sehr leicht austricksen, indem man das Brot von beiden Seiten mit Butter bestreicht. Fällt es dann zu Boden, bleibt es immer auf der Rinde liegen. Hochkant. Mit dieser Methode lassen sich viele Gesetze aushebeln, zum Beispiel der G20 Gipfel oder das Gleichstellungsgesetz. Es mag schwierig sein, das Brot zu halten und zu essen, aber man kann es immer wieder zu Boden werfen, ohne dass etwas passiert. Aber ich schweife ab.

Es sind die Gesetzmäßigkeiten, die sich wie ein weißer Faden durch die Unterhose der Welt ziehen und bei denen man hofft, dass sich am Ende dieses Fadens ein Teebeutel befindet. Zum Beispiel habe ich nie verstanden, warum die Amerikaner bei ihrer Mondlandung ihre Nationalflagge auf der Seite in den Boden gerammt haben, die von der Erde aus niemand sehen kann. Sie hätten sie auch vergraben können. Mittlerweile wurde sie durch die UV-Strahlung so stark ausgeblichen, dass sie nur noch weiß ist. Eine amerikanische Friedensflagge, die man aber von Syrien aus nicht sehen kann. So ist es ja immer: Es könnte alles gut sein, aber dann ist die Unschuld schwanger und behauptet, Gott war Schuld und Josef muss die Alimente zahlen. Bei rtl und Sat1 kann man das in Ruhe bei einem Lernentwicklungsgespräch klären. Das sind so Gesetzmäßigkeiten.

Oder jetzt nur mal angenommen, also rein hypothetisch: Es wäre ja möglich, dass ich gern in

Waschbecken uriniere. Einfach so zum Spaß, weil es Spaß macht und weil es bequemer ist und ich immer einen Meter spare, wenn ich auf Toilette will. Wenn das die Menschen über mich wüssten – und das ist jetzt im doppelten Sinne theoretisch, weil ich ja wahrscheinlich gar in Waschbecken uriniere und es deswegen auch niemand wissen kann, dass ich es wirklich mache – wenn sie das also wüssten, würden sie mich dann noch zu sich nach Hause einladen? Und was wäre, wenn dieses Urinieren ganz viele Menschen gern machen und jetzt jeder Kameras in seinem Badezimmer installiert, um zu wissen, ob man das Waschbecken überhaupt noch benutzen kann? Aber ich schweife ab.

Zurück zu den Gesetzmäßigkeiten, die mich teilweise wirklich nerven. Im Grunde genommen sind es keine Gesetze, es sind mehr so Floskeln, die man automatisch sagt, weil man das eben so macht. So etwas wie: »Am Wochenende lege ich mich gern mit einem guten Buch auf die Couch und genieße das Leben.« Das klingt im ersten Moment durchaus brauchbar, fast normal, ist aber kompletter Blödsinn. Hat sich irgendjemand mal mit einem schlechten Buch auf die Couch gelegt? Und hat der Mensch dann auch noch das Leben genossen? Im Stehen vielleicht? Das sind eben so Sätze, die ich nie verstanden habe. Oder auch die Tatsache, dass sich Menschen umarmen, aber nicht richtig. Sie knicken in der Hüfte ein und treffen sich irgendwo zaghaft im

Brustbereich. Das sieht von außen immer so aus, als ob sie Angst hätten, es gäbe einen Samenflug und sie würden schwanger werden. Selbst, wenn sich zwei Frauen umarmen. Oder zwei Männer. Ich verstehe das nicht. Ich verstehe so vieles nicht.

Die Sache mit der Währungsreform zum Beispiel. Oder eben die Umstellung auf den Euro. Das ist auch so eine Gesetzmäßigkeit. Einmal Geld für Europa, nie mehr in Währungen umrechnen, wenn man auf dem Kontinent unterwegs ist. Die Inselaffen aus England zählten ja ohnehin nie dazu, das war ja nur halber Kram, der Brexit vollkommen logisch. Aber dafür sind eben alle anderen europäischen Länder dabei. Bis auf diese kriminellen Räuberstaaten wie Rumänien, Bulgarien, Kroatien, Tschechien, Ungarn, Polen oder die Schweiz, die haben keinen Euro. Alle anderen schon. Gut, Schweden, Dänemark und Liechtenstein auch nicht, aber wer will die schon haben. Allerdings war ich, seitdem es den Euro gibt, gar nicht mehr im Ausland, weil ich mir den Urlaub nicht mehr leisten kann. Es ist ja auch alles teurer geworden. Ich weiß das. Ich rechne auch immer noch alles in Meilen um, sonst hat man ja keinen Vergleichswert. Heutzutage kann doch kein Mensch mehr sagen, wie viel Meter eine Kurve ergeben. Und warum haben Männer in Sandalen immer Frauen, die auf Socken bestehen? Anders ist das doch gar nicht zu erklären! Aber ich schweife ab.

Es gibt eben so Gesetzmäßigkeiten im Leben, die

sich immer wiederholen: Flüchtlinge sind willkommen, aber ein St-Pauli-Fan wird von einem HSV-Fan gehasst und umgekehrt. Und wenn Leipzig spielt, geht gar keiner hin. Wir ernähren uns gesund und vegetarisch und kaufen den Gartensalat bei McDonalds. Es gibt Konzerte von Helene Fischer und auch in Syrien ist Krieg. So ist das eben im Leben: Irgendwie ist alles zusammenhanglos, oft auch wirr und wenig lustig. Und das schreibe ich manchmal auf.

Interessenverlust

Es ist nicht immer einfach, mit Depressionen zu leben. An einigen Tagen ist es besonders schwer sich aufzuraffen, an anderen Tagen erscheint vieles leichter. Insbesondere, wenn man sich auf dem Dach eines Hochhauses befindet. Dann fallen viele Dinge wie von selbst, alles wird einfacher, nur nicht für die Hinterbliebenen. Und wenn ich so etwas sage, dann werden natürlich sofort Stimmen laut, dass ich über Depressionen keine Witze machen darf, weil das ein ernstes Thema ist. Ich verstehe den Einwand, aber er interessiert mich nicht. Aus zwei Gründen. Erstens kann ich mit meiner Krankheit fertig werden, wie ich will. Das machen andere mit ihren Krankheiten ja auch so. Wenn jemand schwanger ist, geht es nur um das eine Thema. Oder wenn jemand Katzen hat. Jeder muss mit seinen Behinderungen so umgehen, wie er es für richtig hält. Das muss nicht lustig sein, das kann auch mal ernst sein. Und, ja, man kann seine Katzen ins Tierheim geben und dann ist man den Scheiß los, das funktioniert mit Depressionen aber nicht. Mit Kindern auch nicht, weil man die nicht in Käfigen halten darf. Abtreiben geht natürlich, aber nur vor der Geburt, hinterher ist es dann Mord. Ich verstehe den Unterschied zwar nicht, aber so ist nun einmal das Gesetz. Dasselbe denkt meine Mutter vermutlich auch und ärgert sich. Aber wen interessiert das.

Mich interessieren nur ganz wenige Dinge. Im Grunde genommen interessiert mich gar nichts. Da mache ich keine Ausnahmen. Ich gucke morgens oft nicht einmal in den Spiegel. Auch nicht aus dem Fenster. Zumal es gerade in Hamburg egal ist, ob man rausguckt oder nicht: Es regnet sowieso. Während die Inuit angeblich die meisten Worte für »Schnee« kennen, angeblich über 100, haben die Hamburger 700 Worte für Regen. An sonnigen Tagen gibt es zum Beispiel »driftenden Regen, der verdunstet«.

Das mit den Inuit und den meisten Schnee-Worten ist eine Lüge. Die Schotten haben viel mehr Bezeichnungen für Schnee, über 400 sogar. Deswegen sind sie mit allem anderen vermutlich auch so geizig. Oder das andere Wetter interessiert sie einfach nicht.

Mein Desinteresse ist hingegen allumfassend. So richtig nachhaltig kann mich kaum etwas faszinieren, auch wenn alle sagen, dass es super ist. So wie mit Büchern, bei denen man sich »durch die ersten 80 Seiten durchquälen muss, aber dann wird es echt super.« Warum sind die ersten 80 Seiten überhaupt gedruckt worden? Bei so etwas fange ich gar nicht erst an zu lesen, ich lese ohnehin gar nicht mehr. Da kommt nichts Neues mehr, das ist immer dasselbe. Wie bei Filmen, da gibt es nur drei Handlungen:

Plot 1: Mann rettet die Welt, schleppt dabei eine Frau mit durch und am Ende heiraten sie – oder nicht.

Plot 2: Frau trifft Mann, findet ihn irgendwie eklig,

verliebt sich dann doch in ihn, obwohl er hässlich und dick ist, aber irgendwie hat er Charme und auch ganz viel Geld. Am Ende sterben beide an Aids.

Plot 3: »Haha, der ist so lustig, den musst du dir unbedingt angucken!«

Nein, mache ich nicht!

Das ist wie mit Filmen im Fernsehen: Wenn man die mittendrin ausschaltet, laufen die trotzdem weiter, obwohl sich niemand dafür interessiert. Filme wie »Titanic« zum Beispiel. Spoiler-Warnung: Das Schiff sinkt! Ich habe nie verstanden, warum man sich einen Film ansieht, bei dem man das Ende schon kennt. Als mich eine Freundin überraschend ins Kino ausführte und »Der Untergang« gezeigt wurde, bin ich gleich zu Beginn genervt aufgesprungen und habe geschrien: »Hitler war's und am Ende stirbt er!«

Das Schlimme aber war, dass der Typ hinter mir sagte: »Weiß ich und jetzt halt die Klappe!«

Der wusste, was passiert, guckt sich das aber trotzdem an. Verschwendete Lebenszeit. Ich kann mir auch zu Hause die Raufasertapete angucken, da weiß ich auch, wie das ausgeht. Und ich mache das sehr oft, weil es einfach viel günstiger ist als Kino. Und weil ich nicht raus muss. Und weil ich einen Beamer habe, der die Tapete farbig einfärbt.

Anstrengend wird es mit mir immer dann, wenn ich mich mit anderen unterhalten muss. Die meisten Dinge sind mir nicht wichtig, ich will dann nach Hause und in mein Bett. Auch ohne den Menschen gegenüber. Egal, wie sie aussieht. Egal was sie sagt. Es interessiert mich nicht. Und sollte ich mal eine Frage stellen, dann verliere ich oft schon das Interesse an der Antwort, bevor der andere angefangen hat zu sprechen. Andersherum ist es auch so, dass wenn mich jemand fragt, dass ich dann die Frage an sich infrage stelle. Ein Beispiel: In meinem Stadtteil fragte mich jemand nach dem Weg zur U-Bahnstation Borgweg und ich sagte: »Warum wollen Sie da hin? Bleiben Sie zu Hause.«

Meistens sage ich aber gar nichts, weil es mir zu anstrengend ist, mich zu bewegen. Meine Lippen zu bewegen. Oder eben deshalb, weil mich das alles nicht interessiert. Wohin die Menschen wollen, wen sie wählen, mit wem sie zusammen sind, warum sie sich trennen und was sie in ihrer Freizeit machen, dass ihr Hamster Karies hat und dass sie jetzt ein Buch schreiben und dass sie immer mal Urlaub in Australien machen wollten, aber drei Wochen sind ja viel zu kurz. Das interessiert mich alles nicht. Das mag traurig klingen, für mich ist es die lustige Realität. Es ist, was ich bin und wie ich bin. Das ist nicht wirklich tragisch, es ist auch nicht dramatisch und ganz sicher interessiert es auch niemanden. Hier treffen dann zwei Welten aufeinander, die sich gegenseitig nicht interessieren. Menschen und ich.

Das mag traurig klingen, aber so ist das Leben. Letztlich interessiert es eben kaum jemanden, was mit dem anderen wirklich ist. Kaum jemand kennt die Menschen, mit denen er im selben Haus lebt. Oder in derselben Wohnung. Oder den Ehepartner. Man trifft sich irgendwo und man stellt Fragen, die man eben stellt, deren Antworten einen aber gar nicht interessieren.

»Wie war dein Tag?« oder »Hast du deine Tage?« oder »Wie viele Tage bleibst du noch?« Niemand interessiert sich für solche Fragen. Es sei denn, sie betreffen das Bankkonto.

Und deswegen gehe ich mit meinem Desinteresse ganz offen um, weil ich zum einen nicht anders kann und weil es zum anderen ganz normal ist.

Viele haben jetzt vor lauter fehlendem Interesse vergessen, dass es noch einen zweiten Punkt geben muss, warum ich über Depressionen Witze machen darf. Ich könnte ihn nennen, aber ich habe das Interesse an meinen eigenen Ausführungen verloren.

Zwischenwort III

Immer wieder fragen Menschen, ob ich mir das alles ausdenke oder ob ich tatsächlich krank bin. Schließlich sei es dann ja auch mutig, mit so einem Programm auf die Bühne zu gehen. Ich denke, dass jeder, der Depressionen hat, auch ganz genau weiß, wovon ich spreche. Diese Gedanken, die ich in Sätze lege, kann ich mir nicht ausdenken, ich erlebe sie täglich. Menschen, die – zumindest in dieser Hinsicht – psychisch gesund sind, können sich das nicht vorstellen. Niemand kann sich vorstellen, was im Kopf eines Depressiven vorgeht, nicht einmal wir Betroffene selbst. Oft wollen wir uns das auch gar nicht vorstellen.

Ein Freund sagte mal: »Wenn du Klempner bist und willst einen Science-Fiction-Roman schreiben, dann schreib über einen Klempner in der Zukunft.« Wenn ich etwas auf die Bühne oder auf Papier bringe, dann, weil ich weiß, wovon ich spreche. Alles andere wäre Fiktion und wenig hilfreich, alles andere wäre den Betroffenen gegenüber ein schlechter Witz und zudem respektlos. Ich habe mir in diesem Buch nichts ausgedacht, weil mein Leben so verläuft, wie ich es beschreibe. Ich empfinde es oft als lustig, aber so ist es nun einmal. Und natürlich wird es immer Menschen geben, die das alles infrage stellen. Doch diesen Menschen kann ich nur dann mit zwei Dingen entgegentreten: Mit Authentizität und mit meinem Starrsinn. Irgendwann werden die Menschen verstehen, worum es geht und dann ist es hoffentlich nicht so, dass sie gerade in einer Depression stecken, sondern dass sie erkennen, dass es auch Dinge gibt, die man weder sehen noch anfassen kann, die aber trotzdem existieren.

Dass der folgende Text anders ist als alles andere, was in diesem Buch zu lesen ist, hat zwei Gründe. Erstens steht er exemplarisch für mein Innenleben, wenn ich das Haus verlasse und zweitens ist er einer meiner Lieblingstexte. Und drittens haben Sie die Hälfte des Buches jetzt hinter sich.

Kein Platz

Mein Magen knurrt, er tut das seit Tagen und ich habe den Kampf gegen das Gewicht wieder einmal verloren. Ich rolle mit dem geliehenen Wagen auf die Pflastersteine. Der Parkplatz ist nicht voll, es ist nur kein Platz mehr zu finden. Schade, dass ich das nicht zu Fuß erledigen kann, mit dem Fahrrad würde es gehen, wenn ich noch einen Anhänger hätte – und wenn mir nicht so erbärmlich kalt wäre. Ausreden gibt es immer in meinem Leben, trotzdem ist auf dem Parkplatz keine Lücke mehr zu finden, was daran liegt, dass einige der Geländewagen schlecht postiert worden sind, einige andere Fahrzeuge auch, weil manche Menschen beim Aussteigen mehr Raum benötigen, als ein Rhinozeros. Mir ist klar, dass diese Tiere nicht mit dem Wagen zum Einkaufen fahren, aber am Ufer einer Wasserstelle stehen sie sehr dekorativ und sehr ökonomisch herum – im Gegensatz zu Autos auf einem Parkplatz. Und Parkplätze sind das Ufer für die Wasserstellen der Menschen. Ich parke dort, wo mir niemand zuhört und betrete das Geschäftsleben.

Der Luxus im Innern erschlägt mich jedes Mal, die Massen von Früchten, die über das Meer und die Straße ihren Weg in die Regale gefunden haben, sie glänzen und glitzern, bunte Farben lenken meine Augen auf Irrwege und ich halte mich am Wagen fest, den ich mit einem Mark-Stück geliehen habe, um an der Kasse mit Euro zu bezahlen. In meiner Welt passt immer alles zusammen. Sonderangebote und Preisschlager, Musik in Dauerschleifen unterbrochen von ewig werbenden Durchsagen, deren Jingle mehr Ohrwurmcharakter hat als die Lieder von Robbie Williams. Wer will das alles kaufen? Wer braucht das alles? Ich brauche Sojamilch, ich brauche Bananen und ich brauche Vanillezucker, aber niemand ist zuständig, alle sortieren und ordnen, etikettieren und füllen auf, sie entsorgen und sie prüfen. Ich schleiche gebückt hinter meinem Einkaufswagen her und weiche den Gedanken der anderen Menschen aus.

»Ich brauche auch noch Käse«, sage ich leise, als ich allein in einem dieser Gänge stehe, in dem zwei Menschen nebeneinander kaum Platz finden. Alles ist optimiert, alles ist maßgeschneidert, es gibt Architekten, die planen nur Supermärkte. Zwei Einkaufswagen passen in einem Gang nebeneinander, dann ist Schluss. Zu dritt darf niemand sein, das Versammlungsverbot wird in diesen Hallen praktisch umgesetzt, nicht theoretisch. Wenn die Revolution kommt – und sie wird kommen –, dann nicht in meinem Supermarkt. Ich drücke mich an den Rand, falle fast ins Regal, als mir eine Horde Jugendlicher entgegenkommt, die wie die Mongolen johlen – warum sie das tun, weiß ich nicht, ich habe Jugendliche nie verstanden. Am Ende trifft jeder seinen Schöpfer und manchmal haben sie Gürtelschnallen und Teppichklopfer und Kochlöffel.

In dem Kühlregal, das größer ist als mein Büro, was im Grunde nicht viel besagt, aber dennoch die Wahrheit ist, in diesem Kühlregal liegt Käse herum. Fein säuberlich abgepackt, ich kann das Papier sehen, das zum Trennen der einzelnen Scheiben eingefügt wurde, damit niemand verzweifelt, der sich morgens mit seinen Wurstfingern sein Käsebrot belegen will und die Scheiben nicht auseinanderbringt. Ich vermisse den Käseschneider, den ich mal hatte, er ist bei irgendeiner Haushaltszusammenlegung auf der Strecke geblieben – so wie viele andere Dinge auch. Ich habe nie etwas mitgenommen, immer nur Dinge zurückgelassen. Wenn ich fliegen will, muss ich eben Ballast abwerfen. Der Käseschneider war zu schwer. Wenn ich heute bei Amazon einen Käseschneider bestellen will, dann wird mir als verwandter Artikel Ätznatron angezeigt. Ich will nur Käse, keine Bombenutensilien. Und ich brauche einen Käseschneider, einen wie damals, den es heute aber nicht mehr gibt.

Widerwillig lege ich die in einer Klarsichthülle verpackte gelbe Masse in den Einkaufswagen, in dem schon andere Waren liegen, die ich gar nicht will, aber keine Wahl habe, weil ich mich ernähren möchte. Ich muss es sogar, es gibt Freunde, die auf mich achten und mir aufgetragen haben, etwas zum Essen einzukaufen. Ich sehe auf meinen Zettel, den ich wieder zu Hause liegen gelassen habe, dessen Worte sich aber unwiderruflich in meinen Kopf eingebrannt haben. Ich brauche gar keinen Käse, fällt mir auf. Aber jetzt ist er im Wagen und ich brauche noch Brot. Butter brauche ich dann auch noch. Und diese Universalfernbedienung. Und eines dieser Plüschtiere. Vielleicht noch ein Shampoo. Und irgendetwas zum Streichen, vielleicht diese Vanille-Creme, die ich gern hätte, von der ich mal hörte, dass sie tatsächlich existiert, die es aber nie zu kaufen gibt, wenn ich mal da bin. Ich erbreche mich vor einem Regal und gestehe dem feudelnden Personal zu, dass ich weder Hipster noch Kosmopolit sein will.

Der Einkaufswagen füllt sich, die bunten Farben der Verpackungen brennen sich in meine Augen und ich rechne im Kopf zusammen, was ich an der Kasse lassen muss, um alles mitzunehmen. Vermutlich läuft es auf den Austausch von Geld und Ware hinaus, alles andere ist utopisch, auch wenn mir die junge Frau hinter der Kasse optisch zusagt, aber sie ist bestimmt oberflächlich und das mag ich nicht. Niemand ist vor mir, aber drei Menschen stehen hinter mir, als ich beginne, meinen Wagen auf das Band zu legen. Die Kassiererin ist schneller als ich, weshalb ich jetzt hektisch werde, ein Joghurt sucht das Weite und fällt zu Boden, bleibt aber intakt. »Alles ist gut«, sagt die Frau mit einem Lächeln. »Nein«, antworte ich laut, »niemals ist alles gut, das ist doch gar nicht möglich. Irgendetwas ist immer schlecht, entweder die Milch, der Fisch oder ich selbst, denn ich habe Dunkelheit im Kopf und da helfen mir auch keine Werbeversprecher und Verpackungsschillereien. Ich stehe hier mit einem Berg von Zeug, dass ich zu Hause wegwerfen werde, aber ich habe es bezahlt und kann damit machen, was ich will, also Ruhe jetzt!«

Hinter mir murmelt jemand, dass er gar nichts gesagt habe und ich strafe ihn mit Nichtachtung, reiche der Kassiererin 50 Euro und verstaue meine Beute im mitgebrachten Jutesack. Die Angestellte merkt leise an, dass noch sieben Euro und 46 Cent fehlen, ich gebe ihr einen Fünf-Euro-Schein, entschuldige mich dafür, dass ich es nicht passend habe und verlasse den Laden. Sie alle sind Sklaven auf einer leckgeschlagenen Galeere, ich höre die dröhnenden Trommeln der Gewohnheit.

Ich hole mir mein Mark-Stück zurück, vermutlich ist es verunreinigt vom Massenkonsum und vom Kapitalismus. Ich hätte gern mein Leben zurück, aber ich weiß, dass es vergiftet wurde. Auf dem Weg zum Wagen sehe ich einen dieser Menschen, einen jener, die alles kaputtmachen. Er ist gerade dabei, die Schutzmechanismen von seinem Fahrzeug zu entfernen, als ich ihn anspreche. »Entschuldigung«, sage ich mit ruhiger Stimme, »Sie belegen zwei Parkplätze. Ist Ihnen das nicht peinlich?« Mein Lächeln trifft auf fruchtbaren Boden, der Herr nickt mir freundlich zu und antwortet: »Jetzt schon, aber als ich kam, war noch alles frei.«

Eine lächerliche Entschuldigung, denke ich und bevor er die Tür seines Wagens öffnen kann, sage ich:

»So fing alles mal an. Als die Menschen auf die Erde kamen, war noch viel Platz und jeder benahm sich so, als ob ihm alles gehörte. Und jetzt, da der Platz geringer wird, da benehmt ihr euch immer noch so, fahrt mit Autos, die eine Direktverbindung zur Zapfsäule haben, nehmt euch mehr, als ihr braucht und verbraucht mehr, als euch jemand geben kann. Ihr lebt und denkt in Zahlen, ihr sterbt in Zahlen und ihr hüllt euch in Plastik, ihr ernährt euch von Plastik und bewahrt alles in Plastik auf, um irgendwann mal euren künstlichen Kindern zu erzählen, wie plastisch euer Leben hätte sein können.«

Er starrt mich an, ich starre zurück und gehe dann vier Schritte auf ihn zu, werfe ihm meinen Jutebeutel vor die Füße und schreie: »Ich gebe auf, ich lege euch eure Waffen zu Füßen, mit denen ich nichts anfangen kann und ergebe mich!«

Sprachlos bleibt er zurück, während ich mich im Laufschritt und Tränen in den Augen auf den acht Kilometer langen Heimweg mache. Meinem Nachbarn werde ich erklären müssen, warum sein Wagen wieder auf dem Parkplatz des Supermarktes steht. Meinen Freunden muss ich erklären, warum ich einfach nichts essen will. Ich bin leer, es ist nur kein Platz zu finden, der mit dem gefüllt werden kann, was es zu kaufen gibt.

Genau das Gegenteil

Ich bin einfach gestrickt. Nicht, dass ich gradlinig wäre. Es ist auch nicht so, dass ich wüsste, wie man einfach strickt oder dass ich von einfachen Gedanken durchsetzt bin, eher das Gegenteil ist der Fall. Es sind ja oft zu viele Gedanken in meinem Kopf, was aber niemand nachprüfen kann. Oft wird ja auch behauptet, ich sei gedankenlos. Oder dumm. Oder arrogant. Oder einfach nur ein Freak. Aber ich bin letztlich doch berechenbar, weil ich im Grunde genommen immer das Gegenteil von dem mache, was man von mir erwartet. Wobei das nicht immer zutrifft, sondern nur dann, wenn es wirklich wichtig ist oder wenn ich in irgendeiner Form durch diese Entscheidung profitieren könnte. Was aber nie der Fall ist, denn ich ertrage keinen Profit. Tragisch und und untragbar. Aber ein weiterer Grund kann es sein, dass ich das Gefühl habe, dass man mich in die Enge treiben will. Da reagiere ich wie jeder Löwe, ich reiße die Gazelle, lasse sie ausbluten und sage: »War doch klar.«

Oder mit anderen Worten:

Als mich meine große Liebe bei einem Abendessen in einem feinen Hamburger Restaurant fragte: »Wollen wir nicht irgendwann heiraten?«, da hielt ich ein simples »Nein« für wenig angemessen. Deshalb machte ich stehenden Fußes einer jungen Frau am Nachbartisch einen Antrag und ehelichte sie sechs

Wochen später. Wer es nicht glaubt: Auf Wunsch gebe ich die Namen der Damen heraus, um einen Datenabgleich zu machen. Ich habe mich im Übrigen sechs Monate nach der Hochzeit scheiden lassen, nachdem mir meine Angetraute ihren expliziten Kinderwunsch unterbreitete. Und nachdem sie meine Katze getötet hatte. Angeblich versehentlich, aber tot ist tot, da helfen auch keine gegenteiligen Gedanken.

An diesem Punkt wird es dann schwierig mit meiner Berechenbarkeit. Und natürlich war das dumm, die Liebe meines Lebens sitzen zu lassen. Auf der anderen Seite habe ich eben meinen Stolz und auch andere Töchter haben schöne Mütter. Und man sollte sich doch nicht wegen eines Menschens gleich auf ewig festlegen. Die Unendlichkeit ist ja auch etwas, womit man nicht spaßen sollte. Liebe ist ja schön und gut, aber für immer? Wie lange soll das denn gut gehen? Viele Bindungen werden aus Vernunft geschlossen, mein Onkel kauft seine neuen Wagen immer nach den Ergebnissen der Crash-Tests aus der Auto-Motor-Sport. Für die Unkundigen: Das ist eine Zeitschrift wie »Cosmopolitan« nur eben mit Autos.

Mein Onkel ist übrigens bei einem Verkehrsunfall gestorben, weil ihm ein Lastwagen in die Seite geknallt ist. Die Zeitschrift mit dem Crash-Test hatte der LKW-Fahrer wohl nicht gelesen, da muss man nämlich von vorn kommen. Und wenn man die Cosmopolitan liest, geht auch alles schief. Jetzt nicht mit Autos, aber mit den Fahrern. Während mein Onkel sich einen

Mercedes kaufte, habe ich mir aus Trotz und Geldmangel einen Twingo geleistet. Ganz schlecht beim Crash-Test, aber ich hatte auch nie einen Unfall.

Das mag jetzt alles herzlos und vielleicht auch sinnlos klingen, aber zum einen ist das bei mir ganz normal und zum anderen glaube ich, dass wir im Grunde genommen alle in DIESER oder in einer halbwegs ÄHNLICHEN Form auf unsere Umwelt reagieren. Schließlich ist es ja nicht so, dass jemand einen guten Rat bekommt und sofort sagt: »Ach ja, stimmt, jetzt wo du es sagst, hast du auch wieder recht. Lass uns das mit dem Analverkehr ...« Nein, das passiert nicht. Niemals. Wie oft habe ich ... egal. Was ich sagen will: Wenn irgendjemand mit einer guten Idee kommt, sucht jeder erst einmal das Haar in der Suppe. Zum Beispiel beim Thema Drogen. Ich sage immer, dass die Toleranz von Alkohol und Nikotin totaler Unsinn ist: Entweder alles legalisiert oder gar nichts. Dann kommt sofort jemand und sagt: »Ja-ha, aber da hängen ja Arbeitsplätze dran.« Stimmt, Arbeitsplätze, die Leben vernichten. Es hängen überall Arbeitsplätze dran, deswegen ist die Arbeitslosigkeit ja auch so hoch. Gegenteilige Annahmen bewirken gegenteilige Prozesse. VERMUTE ICH! Allein der Wegfall der Fernsehwerbung für Alkohol und Zigaretten dürfte zahlreiche Werbefirmen in den Bankrott getrieben haben. Wenn die jetzt alles zumachen würden, dann müssten die Leute ja ohne Zigarette nach draußen gehen. Oder sie müssten ohne

Alkohol Sex haben? Wie soll das denn funktionieren? Gut, vielleicht ist das Beispiel schlecht und ich bin wieder eine Spaßbremse.

Dabei ist es ja nicht so, dass ich permanent vernünftig reagiere oder Dinge wohl überlegt mache, ich bin nur einfach gern ein Rebell. Ich bin manchmal ein bisschen wie mein Freund Thomas. Er ist der »Dagegen-Mann«. Ich bin das manchmal auch, nur eben ruhiger und entspannter, dafür aber mit weniger Überzeugung und mit weniger Hintergrundwissen ausgestattet. Ich bin unkontrolliert wie eine Bombe oder eben wie eine Katastrophe: Man guckt sich das gern an, aber niemand will dabei sein. Ich ja auch nicht, aber ich muss ja. Und wenn mal jemand dabei sein möchte, dann kann ich mir das nicht vorstellen – gegenteilige Meinung eben. Gepaart mit Selbstzweifeln. Wahrscheinlich bin ich auch nur ein großer Zweifler und mache deswegen permanent das Gegenteil von dem, was andere glauben. Es wäre möglich, aber ich glaube, das Gegenteil ist der Fall.

Wenn meine Eltern mir früher nicht erlaubten, mich zu schminken oder bestimmte Kleidungsstücke zu tragen, damit ich nicht aussähe wie der Hauptdarsteller einer Beerdigung, dann fühlte ich mich natürlich dazu ermutigt, genau so auszusehen. Und als mein Adoptivvater mir sagte, dass man als Mann jede Frau mitnehmen müsse, die man kriegen könne. In diesem Moment endete mein Rebellendasein kurz und ich befolgte den guten Rat.

Mir war vermutlich mit 16 Jahren schon klar, dass ein Mann, der meine Mutter nur deswegen heiraten konnte, weil sie beschädigte Ware war, kein Experte auf dem Gebiet der Frauen war.

Im Übrigen fiel mir kürzlich während eines Gesprächs auf – ja, man kann diese Gespräche auch Sitzungen nennen, aber ich will nicht so viel über mich preisgeben – mir fiel also kürzlich auf, dass mein leiblicher Vater ein Vergewaltiger war und mein Adoptivvater ein brutaler Schläger. In solchen Fällen danke ich dem Schicksal für die Kombination von Genen und Erziehung, weil bei mir damit alles abgedeckt wurde, was ich zum Leben brauche. Und ich wundere mich täglich darüber, dass ich kein Serienkiller geworden bin. Was auch irgendwie schade ist, denn dann könnte ich auf Netflix noch mal meine eigene Serie sehen. Mit Jason Statham in der Titelrolle. Alternativ könnte ich auch das Leben von Jason Statham darstellen. Krasser Kontrast. Jetzt nicht optisch, aber intellektuell. Oder auch familiär oder intergalaktisch. Und dann wieder ganz anders. Keine Serie auf Netflix, sondern auf Amazon Prime mit Bruce Willis. Das würde mir eine ganz neue, weiche Seite verleihen. In meiner eigenen Fernsehserie. Nicht, dass ich jetzt ein Gutmensch wäre oder gewesen sein könnte, aber weil alle von mir erwarten, dass ich Menschen töte, mache ich es einfach nicht. Davon könnte auch die Serie handeln: Ich bin ein Serienkiller, aber dann auch wieder nicht. Oder doch.

Dabei mache ich das alles nicht gern. Ich mache es oft. Und ich mache es oft, weil mir keine andere Möglichkeit bleibt. Das ist auch so ein Verhaltensschema: Ich kenne nur die Extreme, es gibt keine Grauzone. Entweder ich tue es oder ich tue das Gegenteil. Entweder Hochzeit oder Scheidung, entweder töten ODER heilen, entweder zynisch ODER lieber sarkastisch. Wobei das auch nicht stimmt, manchmal bin ich so gnadenlos diplomatisch, dass ich glaube, der Trump liest heimlich mein Tagebuch. Diplomatisch ist ja auch nur eine Umschreibung für kleine Lügen, die dem anderen schmeicheln. Und das kann ich gut. So gut, dass ich manchmal gar nicht mehr weiß, ob ich das ernst meine oder mir nur etwas ausdenke, damit der andere mich in Ruhe lässt. Und manchmal lüge ich auch, damit mich andere in Ruhe lassen.

Und nun kann man natürlich sagen, dass dieser Text ziemlicher Unsinn ist, wie es ja immer bei mir der Fall ist, zumindest wenn es nach der Meinung von anderen Menschen geht. Und dass dieser Text ja nur meine spezielle Sichtweise ist und andere Menschen sich ganz anders verhalten. Und das stimmt. Ich bin froh, dass sich Menschen anders verhalten als ich, ich bin froh, dass dieser Text nur für mich gilt und dass meine psychischen Defizite, zum einen nicht auf andere übertragbar sind und zum anderen hier und da für etwas Gelächter sorgen, weil sie von außen betrachtet eben sehr lustig sind. Auch, wenn es mir damit sehr ernst ist. Und ich bin froh, dass sich die meisten Menschen zurücklehnen und denken: »Alter, zum Glück bin ich nicht so kaputt wie der Typ.«

Ich bin froh, wenn das passiert.

Und.

Manchmal würde ich gern mit euch tauschen, aber dann will ich doch wieder das Gegenteil.

Assimilation

Es gibt immer Schlagworte, die mächtig sind. »Integration« ist eines von ihnen, das ist so eine Keule, mit der jeder auf Menschen einschlägt, die nicht so sind, wie er selbst. Oder wie die Masse, die bestimmt, was die Norm ist. »Menschen, die nach Deutschland kommen, müssen sich integrieren«, heißt es dann immer. Ich will jetzt gar nicht auf die Vorgeschichte eines jeden Einzelnen eingehen, den es nach Deutschland verschlägt, sondern nur auf die zahlreichen Enklaven hinweisen, die sich Deutsche im Ausland geschaffen haben. Interessanterweise gibt es zum Beispiel in den USA mehr Menschen mit deutschsprachigen Vorfahren als solche, die von Engländern abstammen. Nach Englisch und Spanisch ist Deutsch die dritte Sprache in den Vereinigten Staaten. In North Dakota ist sie sogar Nummer zwei. Nach Türkisch. Nein, natürlich nicht. Die Türken haben sich integriert. Der Deutsche hingegen hat eine Kultur, die er bewahren möchte. Trachtenröcke und Blasmusik, das gilt es zu erhalten und auch diese Bräuche im Ausland zu pflegen. Und wehe dem Land, das nicht in der Lage ist, ein ordentliches Brot zu backen! Spätestens dann ist Schluss mit der Integration, die ja auch immer nur für die wichtig ist, die schon da sind. Alle andere möchten gern behalten, was sie schon immer hatten. Erinnerungen wirft niemand weg, man bewahrt sie als Fotos auf und zeigt sie dem Ehepartner, wenn er fett wird.

Dabei ist Integration in einer Ehe selten der Fall. Klar, auch da muss man sich an einige Dinge anpassen und einige Bräuche über Bord werfen, weil so ein gesalzene Butter oder ein netter Gangbang nicht Jedermanns Sache sind, aber viel wichtiger ist in einer Partnerschaft die Assimilation. Gemeint ist das Wort in seiner biologischen Bedeutung, nicht in seiner neuen, politischen. Assimilieren bedeutet angleichen, sich eingliedern – und das kennen viele Paare, die zusammen in Jack-Wolfskin-Multifunktionsfolien nach draußen gehen. Im Optimalfall tragen beide dieselbe Farbe und fahren mit demselben Fahrradhelm auf demselben Fahrradmodell. Manchmal sehen diese Fahrräder auch nur gleich aus, aber wenn man genauer hinsieht, ist auf dem Lenker jeweils der Vorname eingraviert. Vielleicht, weil Hämorrhoiden ansteckend sind, vielleicht, weil auch Fahrräder eine Seele haben.

Dieser pflichtbewusste Seelengleichklang mündet in der Regel auch darin, beim Lieblingsitaliener an der Ecke am Freitagabend Essen zu gehen. Meistens sagt er dann mit einem Lächeln: »Wir nehmen die Pizza Funghi.« Der Kellner weiß Bescheid, alle wissen Bescheid. Hier sind zwei Menschen miteinander verwachsen, sie teilen sich Bett, Brot, Konto und den Toilettensitz, während der andere duscht. Das ist Assimilation in Reinkultur. Sie ist überall zu erkennen, wo sich Menschen ineinander auflösen und immer in der Wir-Form sprechen, ohne dabei majestätisch zu sein. »Wir kommen gern« oder »Wir fanden den Film«

sind die Harmonie-Bomben auf jeder Party. Genauso wie die Berichte von den neuen Hobbys: »Micha und ich gehen jetzt immer zu Hunde-Rennen, weil wir einen kennen, der einen Hund hat.« Die haben alles diese Menschen, die haben irgendwann auch ähnliche Probleme: Fallen ihm die Haare aus, dann ganz sicher auch ihr, hat sie enorme Rückenschmerzen, liegt er gleich auf der Couch oder sie haben ähnliche Missbildungen wie Warzen, Augenringe oder Armbrust.

Ich mache um solche Assimilationsgiganten immer einen großen Bogen, weil ich Angst habe, dass ich mich anstecken könnte. Und ich wehre den Anfängen. Wenn jemand mir im Gespräch wiederholt zustimmt mit dem Satz: »Ja, wollte ich auch schon sagen«, dann werde ich misstrauisch. Und ich zweifle an meiner eigenen Meinung. Wollte ich das wirklich sagen oder habe ich das nur gesagt, weil sie es sagen wollte und ich habe das irgendwie gespürt, weil unsere Seelen im Gleichklang sind? Und wenn mein Gegenüber dann etwas sagt, das ich auch denke oder schon immer gedacht habe, dann ändere ich erst einmal meine Meinung. Ich bin kein Schmelztigel und ich will mich auch nicht in einem anderen Menschen auflösen. Das sieht nur dann gut aus, wenn man so eine orange Multi-Vitamintablette in einem Wasserglas ist.

Es gibt orange Jacken von Jack Wolfskin.

Ich war schon immer ein Verfechter von grenzenloser

Offenheit, aber auch von Autonomie. Beides ist schwer zu bekommen. Dieses Problem sieht man in diesen Tagen sowohl politisch als auch sozial. Integration bedeutet, jemanden einzugliedern, der sich sonst nicht dazugehörig fühlen würde. Jeder muss behalten können, was und wie er ist und muss sein können, wie er sein möchte, ohne dass er dabei andere Menschen verletzt. Das ist schwierig umzusetzen, insbesondere für Soldaten, Karate-Kämpfer oder Ehepartner, aber dieses »Harmonie ohne Zwang« ist in meinem Kopf machbar. Und wenn nicht, dann greife ich eben zur Waffe.

Assimilation bedeutet nicht, alles aufzugeben, sondern sich in einigen Punkten anzugleichen, damit es einfach wird, miteinander zu leben. Das muss kein Wunschtraum sein, das ist ein Lernprozess, der uns alle weiterbringt. Nicht so einfach, aber zukunftsweisend. Wie Assimilation wirklich funktioniert, kann jeder ausprobieren, wenn er einen Döner oder eine Falafel bestellt. Egal, woher man kommt, welche Bildung man genossen hat, man wartet in derselben Schlange wie alle anderen und wenn man dann am Tresen steht und bestellen will, sagt man: »Machst du mir einmal mit Hähnchen.« Auch als Veganer, man will sich ja integrieren.

Und dann ist es uns Deutschen auch egal, was das für ein Brot ist. Am Ende schmeckt uns die Assimilation eben allen gleich.

Menschen sind seltsam

Ich kann mir sehr viele Dinge vorstellen, mein Kopf ist da wirklich eine großartige Leinwand, auf der viele Filme laufen. Und trotzdem fehlt es mir immer wieder an Vorstellungskraft für die einfachen Dinge im Leben, die täglich passieren. Ich sehe sie, aber ich verstehe sie nicht. Das manifestiert sich in scheinbar ganz normalen Aktionen, denn heute halten sich Menschen ihr Telefon VOR das Gesicht, um mit jemandem zu telefonieren. Das ist okay, so sind sie, die modernen Menschen: Sprechen ist gut, aber man muss ja nicht hören, was der andere sagt. Dabei tragen diese jungen Menschen Hosen, deren Beine erst ab dem Knie beginnen. Manchmal schlage ich ihnen dann das Handy aus der Hand und laufe weg. Wenn sie versuchen, mir zu folgen, fallen sie in ihren modischen Hosen sehr amüsant hin. Verstehen kann ich das alles nicht, aber es ist lustig. Aber mein Humor ist nicht jedermanns Sache, das kann an meinen Kopfkrankheiten liegen, die verzerren die Wirklichkeit ein wenig und manchmal verkürzen sie auch meine Zündschnur zur Toleranzgrenze.

Was das bedeutet, erkläre ich gern an einem Beispiel. Jedes Mal, wenn eine Veranstaltung ausverkauft ist, schreibt mich irgendjemand mit dem folgenden Satz auf Facebook an: »Hey Armin, alte Rinde. Am Samstag bist du ja auf der Bühne. Ich weiß, die Veranstaltung ist ausverkauft, aber kann ich noch irgendwie an eine Karte kommen? Lässt sich da noch irgendwas machen?« Für mich ist diese Fragestellung in meiner Welt nicht vorgesehen. In der Regel antworte ich auf diese Nachrichten nicht, aber kürzlich konnte ich mich nicht beherrschen und schrieb. »Liebe XY, vielen Dank für die beherzte Nachfrage. Ich weiß ja, dass dein Vater tot ist, aber kann ich noch einmal mit ihm sprechen? Lässt sich da irgendetwas machen?«

Und nur, weil es wirklich wichtig ist, an dieser Stelle noch ein weiteres Beispiel für das Überschreiten meiner Toleranzgrenze, das meine Kopfkrankheiten betrifft. Denn immer wieder kommt es vor, dass mir jemand erklären will, die Sache mit meinen chronischen Depressionen, würde irgendwann aufhören. »Du musst einfach nur mal positiv denken«, ist so einer meiner Lieblingssätze, oft eingeleitet mit der Erklärung »Ich habe ja keine Depressionen, aber ich hatte mal Heuschnupfen, der ging auch wieder weg.« Ich stelle mir dann immer vor, dass diese Menschen zu jemandem gehen, der ohne Beine im Rollstuhl sitzt und genau dasselbe sagen. »Denk mal positiv! Du brauchst jetzt einfach weniger Schuhe!« Oder auch so etwas wie: »Ich hatte als Kind mal Akne, das war irgendwann weg.« Was denken sich solche Menschen? Nichts. Vielleicht passiert auch ganz viel, ich weiß es nicht. Ich kann mir nicht vorstellen, was da abläuft.

Dabei ist es ja nicht so, dass ich diesen Personen

etwas Böses zusprechen möchte, das liegt mir wirklich fern. Sie sind nur leider einfach nicht so schlau, wie es sein sollte, damit ich mich mit ihnen unterhalten könnte.

Unterhalten könnte.

Ob ich das möchte, ist wieder ein anderes Thema. Und ich möchte nicht. Ich mag Unterhaltungen nicht, es fallen immer seltsame Sätze, die ich nicht verstehe. Und dann fallen Menschen. In meinem Kopf. Meine Vorstellungskraft. Ich bringe sie einfach um und das ist auch gut. In der Realität würde ich das nie tun.

Wahrscheinlich.

Ganz sicher bin ich mir nie, manchmal tue ich Dinge, die ich mir ausdenke und manchmal denke ich mir Dinge aus, die ich dann tue. Und manchmal nicht. Schwierig. Aber es gibt so Menschen, die sind einfach überzeugend. Die können den größten Schwachsinn erzählen, aber sie sagen das mit so einer Inbrunst, dass ich gar nicht wage, zu widersprechen. So erklärte mir die Mutter eines von mir gezeugten Sohnes, dass der junge Mann früher ins Bett müsse, weil »der Schlaf vor Mitternacht, der wichtigste überhaupt sei.«

Ich lasse diesen Satz mal für ein paar Sekunden im Raum schweben, damit sich jeder im Facepalming üben kann.

Im ersten Moment dachte ich nämlich: »Mensch, du bist ein Rabenvater, Armin, du misshandelst deinen

Sohn! Der Schlaf vor Mitternacht ist der wichtigste. Überhaupt!«

Ein paar Minuten später fragte ich mich, woher der Körper weiß, wann Mitternacht ist.

Weitere zehn Minuten später überlegte ich, ob das Ganze nach Sommer- oder Winterzeit bemessen wird.

Eine halbe Stunde später fing ich an, im Internet zu recherchieren.

Mittlerweile bin ich geschieden.

Aber von diesen klugen Tipps oder den falschen Weisheiten gibt es viele. Das fängt schon damit an, dass mir die Menschen sagen: »Nicht im Dunkeln lesen, das verdirbt die Augen.« Ehrlich? Glaubt das noch jemand? Nur, weil etwas anstrengend ist, ist es nicht schädlich. Andernfalls müsste es ja auch heißen: »Iss kein hartes Brot, sonst fallen dir die Zähne aus.« Oder: »Kauf nicht bei H&M, sonst sperren sie dir das Konto.«

Oder dieser Satz, den mein Adoptivvater immer sagte: »Schluck das Kaugummi nicht runter, sonst verklebt der Po.« Als Kind ist man solchen Sätzen natürlich schutzlos ausgeliefert, da glaubt man jeden Scheiß und verbringt eine Woche weinend auf dem Klo, weil man als Siebenjähriger heimlich und aus Versehen am Sonntag ein Kaugummi heruntergeschluckt hat. Die Verstopfung war im Übrigen psychischer Natur, der Kopf hat eine Menge Macht.

Mein Adoptivvater behauptete im Übrigen auch, dass ein Mann nach 1000 Mal masturbieren nicht mehr zeugungsfähig sei. Ich möchte nicht erklären, was mein Kopf daraus gemacht hat, das überlasse ich wieder jedem selbst.

Manchmal, und das geschieht tatsächlich häufiger, manchmal können sich Menschen auch nicht vorstellen, wie ich so denke und was ich tue. Und damit meine ich jetzt nicht, dass ich mein Telefon sehr nostalgisch an mein Ohr halte, weil ich dem irrläufigen Aberglauben unterliege, das Mikrofon am Ende des Apparates erfülle sein Pflicht vollends. Und ich stelle mir auch gern vor, dass all die Strahlung von dem Ding, die ich über das Ohr aufnehmen könnte, ich auch über den Mund aufnehmen kann.

Viele domestizierte Primaten oder eben Menschen können es sich ja auch nicht vorstellen, dass man mehr als einen Menschen lieben kann und Monogamie als Pflichtveranstaltung nur aufgrund einer Flut von Besitzansprüchen und konservativen Denkmethoden besteht. Hier scheiden sich die Geister und Menschen tun es ihnen irgendwann gleich und lassen sich scheiden. Das ist schwer vorstellbar, aber es passiert täglich. In meiner Vorstellung ist es ja auch möglich, dass wir die Sache mit dem bedingungslosen Grundeinkommen umsetzen und dass dann auch die Mutter von Chantal, Kevin, Justin, Murat und Sanjib sowie die dazugehörigen fünf oder sechs Väter weiterhin arbeiten gehen. In meiner Vorstellung ist ein friedliches Miteinander auf dem Planeten tatsächlich möglich, wenn die Menschen lernen, mich in Ruhe zu lassen. Ich lasse sie ja auch in Ruhe. Ich denke mir nur meinen Teil auf der Leinwand in meinem Kopf.

Zwischenwort IV

Ich denke mir nicht viele Dinge aus, wenn ich darüber schreibe. Der Kern der Sache ist wahr, ich lasse die Situationen in meinem Kopf aber gern eskalieren. Oft ergibt sich dann das eine oder das andere und ich fühle die Situation nach. Das klappt ohnehin ganz gut, das Nachfühlen, das Empathische. Es ist eine Gabe und auch eine furchtbare Sache, weil ich alles, was ich schreibe auch fühlen kann, wenn ich es zu Papier bringe. Jedes gebrochene Bein, über das ich nachdenke, bereitet mir Schmerzen. Und diese Schmerzen bestimmen dann meinen Tag, manchmal meine gesamte Woche.

So ist das Schreiben für mich eine Parallelwelt und im gleichen Maß eine Therapie. Mit jedem Wort werden mir Dinge bewusst vor Augen geführt – und diese Worte stammen von mir, aus mir und ich übe mich unfreiwillig in der Selbstheilung, der Selbsttherapie. Schreiben ist ein Spiegel, dem ich mich nicht entziehen kann. Im selben Moment sind diese Texte aber auch Signale für die Menschen, die sie lesen, die sie hören und ich stelle immer wieder fest, dass ich in anderen Menschen etwas bewege. Dadurch, dass ich etwas in mir finde und beschreibe, finden Menschen etwas in sich und können damit besser umgehen. Das war auch einer der Gründe für das Solo-Programm, das ist einer der Gründe, warum ich auch noch heute Texte über die Dinge in meinem Kopf schreibe. Ich finde auf diese Art Menschen, die genau wie ich dachten, sie wären mit all diesen Bildern, mit den Gefühlen oder mit den Situationen, die sie erleben, ganz allein. Und das stimmt nicht, es gibt noch andere, die aber nicht darüber reden oder schreiben können. Aus verschiedenen Gründen. Aber wir sind nicht allein, wir sind viele und wir sind viel besser, als wir denken. Nur manchmal eben einfach antriebslos und voller Selbstzweifel. Aber wir sind nicht allein. Wir sind nicht allein.

Ich brauche etwas Neues

Als Depressiver muss ich immer neu anfangen. Jeder Tag beginnt mit dem Liegenbleiben und er endet damit, dass ich nicht hochkomme. Und so bleibt es meistens für ein paar Wochen. Oder Jahre. Manchmal habe ich natürlich die Hoffnung, es würde sich alles ändern, aber dann müsste ich aufstehen. Warum sollte ich das tun? Abends muss ich mich ja ohnehin wieder hinlegen. Doch jetzt wird alles anders, ich oute mich als Single und gehe wieder unter Menschen. Denn wenn ich Menschen kennenlernen will, dann muss ich aufstehen. Klar, ich kann mir immer jemanden zu mir nach Hause einladen, aber das ist kompliziert, wenn die Ehefrau da ist.

Wobei die Ehe ja auch immer nur eine Frage der Zeit ist, alles ist vergänglich und manchmal muss man eben etwas nachhelfen, damit das Ende naht. Und so legte meine Frau ein Profil für mich bei finya an, setzte sich neben mich ins Bett und gab mir ein paar Tipps.

»Guck mal, die hier ist doch cool«, sagte sie und zeigte auf das Bild einer Frau mit dunklen Haaren und einem freundlichen Lächeln. »Die wirkt doch sehr freundlich.«

»Mja, freundlich schon. Aber sind das ihre Augenbrauen oder ist das eine Schirmmütze?«

»Pft«, sagte meine Frau, »Du bist viel zu oberflächlich. Es geht doch nicht immer nur um die Optik.«

»Naja, ein bisschen schon. Aber vielleicht kann ich mir aus den abgeschnittenen Augenbrauen eine Mütze machen lassen. Oder einen Pullover.«

»Mensch, du bist respektlos.«

»Ach, komm: Ihre Augenbrauen könnten das Vordach von einem großen Bürokomplex sein.«

»Spätestens jetzt ist klar, warum ich mich von dir scheiden lasse.«

»Deine Augenbrauen sind doch okay.«

»Ah, okay. Aber was weiß ich, was du über mich erzählst, wenn ich weg bin?«

»Das weiß ich auch nicht.«

Meine Frau brummte mürrisch vor sich hin und zeigte dann auf das Bild einer gut aussehenden Blonden. »Guck mal die da.«

Ja, die schien wirklich passabel zu sein, der Geschmack meiner Frau war wieder mal untrüglich richtig. Ich hatte den Mauszeiger schon auf das Nachrichten-Symbol geschoben, als sie rief: »Vergiss es, die ist nichts für dich.«

»Warum?«

»Lies dir ihren Profiltext durch!«

»Ich bin eine Frau, die was Festes sucht!
Du solltest:
+ Humor besitzen
+ Größer sein als ich

+ *Zeit für mich haben*
+ *Nichtraucher sein*
+ *Termine einhalten können*
+ *keinen Hund oder Katze besitzen*«

Ich zuckte mit den Schultern: »Na und? Ich habe keinen Hund und keine Katze!«

»Aber alles andere trifft auf dich nicht zu! Du bist nicht mal fest.«

»Aber ich bin witzig!«

»Nicht für Menschen, die Humor haben!«

Jetzt war ich an der Reihe, mürrisch zu grunzen. Allerdings begann ich nun, mehr auf die Profiltexte zu achten und weniger auf die Bilder. Ich fühlte mich sofort weniger oberflächlich, aber auch mehr allein denn je, denn diese Texte oder Sätze waren entweder verwirrend oder verstörend oder komplett sinnlos. Bestes Beispiel dafür war der Eintrag von Karina:

»*Aus gegebenem Anlass: Ich möchte keine Affäre! Spart euch die Zeit und den Aufwand mir dafür zu schreiben ... man man man!*
... Und übrigens heiße ich nicht Karina ...

»Warum nennt sie sich Karina, wenn sie gar nicht so heißt? Warum nicht irgendeinen Fantasienamen wie Steffi0815 oder Bärchensucherin?«

»Ist doch egal, wie sie heißt, die ist auch nichts für dich.«

»Warum das denn nun?«

»Die ist Stier.«

Gegen Astrologie ist bei der Partnersuche kein Kraut gewachsen und selbst ich, der sowohl die Existenz von Sternen und dem Mond verweigert, hat da keine Chance. Außerdem bin ich Löwe, wir verhalten uns anderen Glaubensrichtungen gegenüber aufgeschlossen und großzügig. Und Stiere, da hatte meine Frau recht, Stiere sind nichts für mich.

»Puh, jetzt muss ich also auch immer noch auf das Sternzeichen achten. Was für ein Glück, dass ich mich nicht bewegt habe. Vielleicht bleibe ich besser allein.«

»Nee, irgendeiner muss für dich sorgen, du brauchst Leben um dich herum. Zum Beispiel die hier.« Sie griff nach der Maus und klickte auf das Bild einer freundlich aussehenden Frau. »Zwilling, das passt auf jeden Fall.«

Ich wackelte mit dem Kopf: »Nee, was die will, passt ja mal gar nicht:

»Suche den Mann, der weiß, was er will und mit beiden Beinen im Leben steht! :)«

»Die träumt doch, so etwas gibt es gar nicht – ich möchte nicht wissen, wo deren Beine sind«, sagte ich und klickte verärgert auf das nächste Foto. »Oh Gott, eine Mathematikerin«, rief ich entsetzt, aber meine Frau hatte das Zimmer bereits verlassen und so stand ich allein vor folgendem Logistik-Rätsel:

»Glück ist das Einzige was sich verdoppelt, wenn man es teilt ... Also, wenn du Lust hast eventuell mein Gegenstück zum Teilen werden zu wollen, dann melde dich. Und dann haben wir doppelt Glück :)«

Meine Fähigkeiten mit Zahlen halten sich in Grenzen. Zudem hatte ich keine Ahnung, was Glück hier auf einer Plattform zu suchen hatte, bei der es vorwiegend um Sex ging. Und außerdem kam ich auch nach vier Stunden zu dem Schluss, das Glück sehr wohl teilbar sei und am Ende würde ich dann weniger haben als vorher.

Ebenso verwirrend erschien mir der nächste Profiltext;

»Wer loslässt, hat die Hände frei für Neues!!!«

Wie ich den Satz auch drehte und wendete, ich landete immer bei Brüsten. Das mag man mir als Sexismus anlasten, aber ich hatte mir den Satz nicht ausgedacht. Und ich musste mir eingestehen, dass das Unterfangen eine Frau kennenzulernen, viel schwieriger war, als ich angenommen hatte. Meine Frau hatte jegliche Hilfe eingestellt und ich war allein mit meinen Gedanken, vor allem auch mit meiner Naivität dem anderen Geschlecht gegenüber.

Zwischen den zahllosen, beliebigen Profiltexten wie *»Lebe deinen Traum«* oder *»Hakuna matata«* oder *»Sascha, du Psycho, hör auf, mich anzuschreiben mit deinen 1000 Profilen!«*, zwischen all diesen Sätzen fand ich irgendwann doch noch etwas, das mich kurz faszinierte:

»Ich weiß, was ich will und suche einen Partner, dem es genauso geht!«

Das Dumme war nur, dass ich etwas ganz anderes wollte als sie.

Und wenn jetzt jemand meint, sie sei die Richtige für mich: Ihr findet mich auf finya, mein Profilname ist Sascha.

Über die Kunst der Erzählung

Ich rede gern in der Öffentlichkeit, ich bin auch gern auf Partys und erzähle da Geschichten aus meiner Vergangenheit. Ich bezeichne meine Auftritte gern als Partys, weil ich mich dann etwas gesellschaftlicher fühle. Dabei unterhalte ich mich nicht gern, ich rede nur gern. Unterhaltungen bedeuten, dass jemand anderes etwas erzählt und ich zuhören muss. Ich habe nichts gegen interessante Gespräche, ich habe nur etwas gegen Menschen, die mir etwas erzählen wollen, was ich entweder schon weiß oder gar nicht lustig ist. Das weiß ich natürlich vorher nicht, das muss ich immer wieder leidvoll erfahren.

Um das Prozedere halbwegs passabel zu gestalten, setze ich das Gesicht auf, das ich aus meiner Kindheit gespeichert habe: eine Mischung aus Offenheit, Lächeln und innerlicher Leere. Es kam immer dann zum Tragen, wenn mein Adoptivvater mir etwas über das Leben erzählt hat oder eine Geschichte, die er wichtig oder witzig fand, die aber auch nie endete. Er war aber auch verantwortlich für so bahnbrechende Sätze wie: »Nimm im Leben so viele Frauen mit, wie du kriegen kannst.« Deswegen bin ich sehr lange Taxi gefahren, bis er mir dann mal erklärt hat, was er meinte. Ich hab's immer noch nicht begriffen, was daran liegt, dass er einfach ein schlechter Erzähler ist.

Aber das ist nicht so wichtig, denn ich versuche

immer noch zuzuhören, wenn jemand seinen Geschichten-Hammer auspackt. Aber meistens ist es nur die Geschichte einer Geschichte einer Geschichte oder rein gar nichts. So wie neulich, als mich im Backstage-Bereich die Auszubildende zur Veranstaltungskauffrau Gesa ansprach und mir erzählte, dass sie auch mal eine irre witzige Geschichte erlebt habe. In ihrem richtigen Leben. »Also«, fängt Gesa an und stottert eine fast zehnminütige Geschichte herunter, die mit dem Satz endet: »Das war im ersten Moment gar nicht so komisch, aber hinterher stellte sich dann heraus, dass die alle miteinander verwandt waren.« Und dann kicherte sie. Ich verziehe meine Mundwinkel.

Alle waren miteinander verwandt. So-so. Bei einem Helene Fischer-Konzert ist das schon nicht ungewöhnlich, bei der AfD vermutet man auch den Inzest. Aber Gesas Geschichte handelte von einer Familienfeier, da erwarte ich eine verwandtschaftliche Vernetzung. Das einzig Lustige an Gesas Geschichte war, dass sie immer wieder dieselben Worte benutzte. Immer warf sie ganz willkürlich ein »Nichtsdestotrotz« ein. Das ist, zugegeben, ein schönes Wort, aber sieben Mal in neun aufeinanderfolgenden Sätzen ist es nichtsdestotrotz dann doch etwas nervig. Wobei man nichtsdestotrotz auch gern mal Wiederholungen in seine Erzählungen einbauen darf.

Immer beliebt sind aber auch komplette Wiederholungen wie die Geschichte von der Spinne in der Yucca-Palme, von der man zwar wisse, dass es eine Wandersage sei, aber der Freund eines Freundes hätte genau das erlebt und sei mit dem Schrecken davon gekommen. Das ist kein Vergleich zu dem, was ich mir einfach ungern anhöre. Da macht sich bei mir immer schon Panik breit, wenn jemand anfängt, dass der Ex-Freund von seiner Schwester ihm mal etwas erzählt hat. So eine Geschichte kann immer zu einem Bumerang werden. Besonders dann, wenn ich feststelle, dass ich der Ex-Freund gewesen sein muss, weil es meine Geschichte ist, die ich vor ein paar Jahren mal auf der Bühne erzählt habe. Ich kann mich aber weder an ihn noch an seine Schwester erinnern.

Und dann gibt es ja die Geschichten, die jemand frei erfindet, sie aber als Wahrheit verkauft. Das sind meine Lieblinge. So wie die eine Geschichte von dem Mann, der mir immer erzählt hat, dass er Synchronsprecher sei. Für die verschiedensten Produktionen. Mit seiner ganz tiefen Stimme müsse er natürlich immer die Bösewichte sprechen. Sein skurrilster Job sei aber die Vertonung der Teletubbys gewesen. Und dann machte er dieses Geräusch: »Ah oh.« Und ich fand die Geschichte schön, ich wollte sie auch so sehr glauben, dass ich sie auch gar nicht recherchierte. Bis zu dem Tag, an dem ich zwei Synchronsprecher traf, die mir als die »Stimmen der Teletubbies« vorgestellt wurden. Von einem seriösen Hörspiel-Produzenten. Von ihnen hörte ich dann, dass die anderen beiden Synchronsprecher Frauen seien. »Ah oh«, dachte ich mir da.

Als ich den Mann kurz darauf wieder traf und ihn fragte, wie es denn um seine Weiblichkeit bestellt sei im Bezug auf das Synchronsprechen, antwortete er, dass die beiden Herren erst nach seiner Zeit dabei waren. Er sei ja der erste, der ursprüngliche Teletubbie-Synchchronsprecher gewesen, habe aber nicht ins Konzept gepasst und sei dann durch die anderen Sprecher ersetzt worden. Irgendwann später ergänzte er dann, dass die Folgen, in denen er gesprochen habe, vermutlich nie ausgestrahlt worden seien. Er wisse das nicht so genau, es habe ihn nicht so sehr interessiert. Ein halbes Jahr später fügte er hinzu, dass man ihn vor einigen Wochen angesprochen habe, bei der Neuauflage der Teletubbies mit dabei zu sein, das Projekt habe sich aber letztlich zerschlagen. Spannender und großartiger geht es kaum, das sind Erzählungen, auf die ich warte und die mich inspirieren.

Aber noch einmal zurück zum Ur-Übel, zum Urvater der schlechten Erzählung, zum Inbegriff des negativen Spannungsbogens. Ich meine jetzt nicht Lothar Matthäus oder Rosamunde Pilcher, nein, zurück zu meinem Adoptivvater. Bei einer Familienfeier – Gesa war nicht mit dabei – hub er an zu erzählen und ich drückte instinktiv auf den Aufnahmeknopf meines iPhones. Bitte genießen Sie jetzt die Geschichte:

»Ich war ja damals auf diesem Dampfer unterwegs, das muss Mitte der 70er gewesen sein. Nein, das war später, denn da war ich nicht mehr bei Happag Lloyd, da war ich – nee, das war '73, im nächsten Jahr ist

Deutschland dann ja Weltmeister geworden und ich fuhr auf der »Poseidon«. Nein, das war die »Kosmonaut«, die verwechsel' ich immer. Der Kaptain war Hans Gehrken, den kennen einige von euch ja noch – oder, nee, das war '76 auf der »Sea of Heaven«, da war Gehrken Kaptain und ich 1. Offizier ... nee ... '76 war ich ja schon selbst als Kaptain unterwegs, das muss Anfang der '70er gewesen sein, aber dann muss der Krunken Kaptain gewesen sein. Kennt einer den alten Kruhnken noch? Der war doch 16. April '91 bei uns zum Essen, da müssten auch ein paar von euch dabei gewesen sein. Das war doch die Taufe von Michael, dem Sohn von, nee, der heißt ja Marvin, Jennifers Sohn. Die ist ja jetzt tot, Gott hab sie selig. Also Anfang der 70er war ich auf diesem Dampfer auf dem Weg nach Lissabon und wir hatten Eisenerz geladen. Das war für Rio bestimmt, aber wir mussten wegen des Wetters – Moment, da war Petersen der Kaptain! Das war die Marienburg, die ist zwei Jahre später gesunken und ... nee, jetzt komme ich durcheinander ... Egal, Anfang oder Mitte der '70er waren wir auf dem Weg nach Lissabon, später sollten wir noch nach Boston, nee, nach Panama und nach Rio, aber das erzähle ich hinterher. Wir sind also auf dem Weg nach Lissabon und aus der Kombüse steigt Qualm auf ... nee, das war nicht die Kombüse, das war aus Frachtraum eins! Aber als wir dann ... Bansemer war der Kaptain, jetzt weiß ich wieder! '72, Bansemer war Kaptain und ich 2. Offizier, nein, 1. Offizier ...«

Bis wir zum Höhepunkt der Geschichte kommen, vergehen noch 17 Minuten. Am Ende liegt das Schiff vor Lissabon und muss zwei Tage warten, bis es anlegen kann. Die Mannschaft war miteinander verwandt und Kapitän Gehrken arbeitet heute als Synchronsprecher für die Dokumentationen auf Arte. Ich möchte Sie nun alle bitten, mich mit Offenheit, einem Lächeln und innerer Leere anzusehen, damit ich einmal das Gefühl habe, das ich so vielen Menschen vermittle.

Und falls noch jemand eine gute Geschichte hat, höre ich gern zu.

Verständnis

Viele Dinge verstehe ich nicht. Vor der Filiale des häuslichen Pflegedienstes stehen immer zwei dicke Frauen und rauchen. Ich bin mir nicht sicher, ob das eine Marketing-Maßnahme ist, ob sie die Türsteher sind oder ob es zwei übergewichtige Obdachlose sind, die darauf warten, dass man sich um sie kümmert. Es ist nur eines von vielen Dingen, das ich nicht verstehe. Zumal ich aufgrund meiner Leseschwäche lange Zeit dachte, es sei nicht der häusliche, sondern der hässliche Pflegedienst. In dem Kontext wirkte es halbwegs passend, weil ich Raucher nicht so gern mag.

Und das mit dem Rauchen habe ich auch nie verstanden: Man saugt an einem Rohr aus Papier, das mit getrockneten Blättern gefüllt ist und das man zuvor auch noch angezündet hat. Es brennt nicht, es glimmt nur und den Rauch atmet man dann ein. Wäre es nicht einfacher und auch preiswerter, ein Lagerfeuer zu machen und diesen Rauch zu inhalieren? Auf diese Weise könnte man auch große Gruppen viel leichter befriedigen oder auch befrieden, wenn man Marihuana in die Flammen wirft. Oder man verbrennt Brokkoli, dann kann man nasal Vitamine aufnehmen.

Dabei ist Gesundheit ja auch so ein Thema, das ich nicht verstehe. Angefangen mit den vielen Ärzten. Wie kann man daran Spaß haben, anderen in den Mund zu gucken, darin herumzufummeln und noch Überreste von Brokkoli und Zigaretten zu finden? Die Selbstmordrate bei Zahnärzten ist die höchste für eine bestimmte Berufsgruppe.

Dabei finde ich es noch schlimmer, als Proktologe zu arbeiten. Zumal der Begriff ja auch sehr schleierhaft ist. Proktologe. Analyst wäre hier doch viel treffender. Aber Analysten sind ja ohnehin Arschlöcher, das sind die »Gorillas im Nebel« der Moderne. Wie kann man einen Satz wie diesen ernst meinen: »Die Börse tendiert heute freundlicher.« Analysten sind im Grunde wie Astrologen, die würden an dieser Stelle sagen: »Bleiben Sie heute zu Hause, Ihr Mars versteckt sich in der Venus.« Das ist genauso schlau. Auf der anderen Seite wäre es auch toll, wenn mir mein Proktologe sagen würde: »Herr Sengbusch, Ihr Anus tendiert heute freundlicher.«

Es wäre alles nicht so schlimm, wenn nicht so viele Menschen auf so einen Unsinn hereinfallen würden. Die PR-Maschinen laufen überall auf Hochtouren und erklären uns, dass das Müsli jetzt 20 Prozent mehr Inhalt hat. Nicht, dass der Preis dabei gleichgeblieben wäre, nein, es ist alles 20 Proktologen, Quatsch, 20 Prozent mehr. Außer bei Tiernahrung. Warum keine Tiernahrung? Das verstehe ich auch nicht. Tiere haben ohnehin kaum Geld und können in Deutschland auch nicht reich einheiraten. Das ist mal diskriminierend. Wie soll sich denn eine Katze fühlen, wenn sie so einen Spruch im Radio hört? Zumal dieser unglaubliche Slogan »20 Prozent auf alles – außer Tiernahrung« dafür gesorgt hat, dass Praktiker nun pleite ist.

Dabei muss ja alles heute immer mit einem prägnanten Spruch präsentiert werden. Überall gibt es Wortspiele und irgendwie muss es dann witzig, aber auch ernst sein und es muss Atmosphäre entstehen, damit der Kunde auch kauft. So wie das »Bestattungsinstitut Sander« mit dem markanten Satz wirbt: »Ihr Verlust ist unser Profit.« Da freut man sich doch gleich etwas mehr auf sein Ableben, wenn man weiß, dass man andere damit glücklich machen kann. Und »Raider heißt jetzt Twix, sonst ändert sich nix.« Dabei gibt es ja die Verschwörungstheorie, dass die beiden Twix-Hälften, in verschiedenen Fabriken hergestellt werden und erst in der Verpackung zueinander finden. Twix ist also irgendwie wie eine Ehe. Am Ende sterben alle. Über Verschwörungstheorien mache ich mir keine Gedanken, die verwirren mich immer. So wie Bürgermeister Olaf Scholz, die personifizierte Verschwörungstheorie.

Da setzt sich der Mann hin und erklärt, er hätte nach dem G20-Gipfel sein Amt sofort niederlegt, wenn jemand gestorben wäre. Sonst nicht. Deswegen ist er ja auch noch Bürgermeister. Wie viele Menschen sich jetzt wohl ärgern, dass sie die Krawalle überlebt haben? Ich selbst hätte mit dem Gedanken gespielt, mich öffentlich hinrichten zu lassen, damit Olaf Scholz sein Amt aufgibt. Vielleicht greife ich diese Theorie beim nächsten Hanse-Marathon noch einmal auf. Oder bei einem Helene Fischer Konzert. Wobei ich da darum bitten würde, dass man mich sehr schnell tötet.

Allerdings ist diese Regel »Ich gehe nur, wenn einer stirbt« im Grunde genommen sehr clever. Das könnte jeder für sich in Anspruch nehmen. Zum Beispiel der Erzieher im Kindergarten, der sieben Kinder belästigt hat. Oder der Vorstandsvorsitzende bei VW. Oder irgendein Fußballtrainer. Sie alle dürften bleiben, obwohl sie schlecht arbeiten – es sei denn, jemand stirbt.

Was für ein Markt tut sich hier auf? Sterbehilfe und der Selbstmord bekommen eine ganz neue Bedeutung und Dimension, da bringen Menschen Opfer für das größere Wohl. Zahnärzte vor! Oder es ist gar kein Opfer. Für Depressive wie mich ist es ja ganz cool, wenn wir mit unserem Ableben doch noch etwas mehr bewegen können als nur das Bestattungsunternehmen. Nicht nur die Firma Sander hätte dann profitiert, sondern auch die Stadt Hamburg, wenn Scholz aufgrund meines Todes sein Amt hätte niederlegen müssen.

Und Hamburg verstehe ich ehrlich gesagt auch nicht. Ich erkenne die Mechanismen, aber sie leuchten mir nicht ein. Ich begreife zum Beispiel überhaupt nicht, warum in Hamburg Sonnenbrillen verkauft werden. Zumal diese Brillen immer erst dann getragen werden, wenn es dunkel ist. Im Wetterbericht heißt es dann: »Die Sonne scheint nur kurz vorbei, allerdings ist sie in Hamburg nicht zu sehen.« Sie könnten auch sagen: »Der Regen tendiert heute freundlicher.« Oder »Solange keiner stirbt, bleibt es in Hamburg beim Regen.« Das würde für mich einiges erklären.

Aber ich muss auch nicht alles verstehen, sondern manchmal nur akzeptieren, dass Dinge in der Welt anders laufen, als ich sie mir vorstellen kann.

Wirklich schlimm

Der Planet geht langsam aber sicher vor die Hunde. In über 20 Ländern herrscht Krieg, die 62 reichsten Menschen haben zusammen so viel Geld wie die Hälfte der Weltbevölkerung, fast 50.000 Tier- und Pflanzenarten sind vom Aussterben bedroht, die fossilen Brennstoffe wie Gas und Öl werden zunehmend knapp, die Auswirkungen des Klimawandels werden immer deutlicher, das Bevölkerungswachstum nimmt unaufhaltsam zu und überall auf der Welt sterben Menschen aufgrund von Hunger und Armut. Dumme Menschen haben das Sagen, und dazu gehört Donald Trump ebenso wie unser neuer Hausmeister. Was das schlimmste ist: Bei REWE gibt es meinen löslichen Kaffee von Nestlé nicht mehr. Nestlé ist natürlich Mist, aber man muss auch Kompromisse machen.

Und löslicher Kaffee ist mir wirklich wichtig, denn ich bin nah am Wasser gebaut. Das sagt man ja so. Nah am Wasser gebaut. Also nicht nur in Hamburg, man kann auch in München nah am Wasser gebaut haben. Oder am Wasser gebaut sein. »Gebaut haben« trifft auf die Häuser neben der Isar oder der Elbe zu, »gebaut sein« auf alle Legastheniker. Oder auf Menschen wie mich, die immer gleich losheulen. Bei »Americas Got Talent« zum Beispiel, wenn der gehbehinderte kleine Junge, der auch noch blind ist – was im Grunde genommen ja ein Vorteil ist, weil er sich sowieso nicht bewegen kann und nur geschoben wird – wenn dieser kleine Junge dann wider Erwarten plötzlich doch singen kann. Meistens wird in dem Moment die Mutter eingeblendet, die nun vollkommen überrascht davon ist, was ihr Sohn alles kann. Spätestens jetzt blenden sie im Hintergrund langsam die Orchestertöne ein und bei mir fließen die Tränen.

Ich habe mir privat oft gewünscht, dass man Orchestertöne einblendet, damit ich mich angemessen verhalten kann. Zum Beispiel bei einer Fristverlängerung im Finanzamt. Es reicht ja, wenn ich das höre. Mit der puren Vorstellungskraft klappt es leider nicht, vielleicht über so einen kleinen Knopf im Ohr. So ein Hightech-Ding, das immer blau blinkt. Bluetooth eben. Wenn es ernst wird, drehen die Geigen auf und ich sage, dass die Steuererklärung aus sehr privaten Unglücksfällen noch gar nicht fertig sein konnte. »Sie haben ja sicher davon auch in der Zeitung gelesen.« Und dann weine ich. Auch anwendbar wenn es beim Gemüsehändler mal wieder länger dauert und ich noch schnell zur Beerdigung muss. Oder in der Eisdiele, wenn die Polkappen schmelzen und ich schnell noch die Welt retten möchte. So ein Orchester im Ohr könnte mein Leben viel schneller machen. Der eigenen Mutter erklären, dass man ihre pappigen Pfannkuchen einfach nicht essen könne, weil der Arzt gesagt habe, der Krebs breite sich dann weiter aus. Mit Tränen im Auge ist das dann auch glaubwürdig.

Und.

So ein Knopf im Ohr ist ja vielseitig verwendbar. Selbst dann, wenn er gar nicht funktioniert. Ich bin vor Kurzem dazu übergegangen, dieses blinkende Ding immer in mein Ohr zu setzen, wenn ich das Haus verlasse. Meine Selbstgespräche wirken plötzlich vollkommen normal, weil jeder denkt, ich würde gerade telefonieren. Und wenn ich im Bus laut sage: »Ihr seid doch alle blöde Wichser« und dann den wütenden Blicken der Fahrgäste mit einem Augenrollen begegne, auf das Headset zeige und murmele »Telekom«, dann ernte ich Verständnis. Der Segen der Technik ist ein Freibrief für das wilde Leben, alles lässt sich erklären und verstecken. Und wenn es doch mal schief gehen sollte, dann drehe ich die Geigen auf, fange an zu weinen und rede von meinen Depressionen, Tourette und dem Waldsterben und alles wird gut.

Dummerweise ist meine Tränenfreudigkeit nicht planbar. Manchmal reicht es schon, dass sich zwei Menschen auf offener Straße umarmen und ich falle auseinander. Emotional. Körperlich falle ich auseinander, wenn ich mir selbst die Schuhe anziehe und das begann mit drei Jahren. Genau genommen bin ich gar nicht nah am Wasser gebaut, ich stehe darin. Man könnte mich auch in die Sahara stellen, die vierte Staffel von Ally McBeal auf einem Großbildschirm zeigen und dann hätten wir plötzlich einen immergrünen Urwald und ganz viel Salz. Ganz viel

Salz, um die Pommes von McDonalds zu würzen. Da wäre meine Mutter dann auch überrascht, was ich alles kann. An dieser Stelle setzen jetzt die Geigen ganz leise ein und alle staunen über den geistig behinderten alten Mann, der so schön weinen kann, dass der Planet grün wird.

Nicht, dass ich das wirklich wollte. Ich mag die Farbe Grün im Grunde genommen nicht, ich bin eher ein Freund von Schwarz. Aber wenn alles Grün ist, dann kann man es anzünden und am Ende ist dann auch alles Schwarz. So hat es auch Oswald Metzger gemacht: Der war erst bei den Grünen, dann wechselte er zur CDU – so etwas nennt man innerlich verbrannt. Kann ja mal vorkommen. Niemand ist perfekt, ich schon gar nicht, ich bin auch eher einfältig und denke mir die Welt, so wie sie für mich am einfachsten ist. Früher dachte ich ja auch, Burn Out wäre ein Symptom von Afrikanern. Ich finde das auch nicht lustig, sondern logisch. Lustig finde ich es, dass sich jemand in einem Bereich, den er gar nicht mag, so sehr aufopfert, dass er danach krank wird. Oder aufopfern muss, das wird ja heute vom Arbeitgeber erwartet. Gerade bei Selbständigen. Aber nicht jeder mit Burn Out hat eine Arbeit, die er nicht mag. Oft kennen diese Menschen ihre eigenen Grenzen nicht und übertreten sie dauernd. So eine Art humanoider Gazastreifen. Das ist so wie die Typen, die auf Türme klettern, Selfies mit einem Duckface machen und dann herunterfallen, weil sie dachten, dass sie wie diese Instagram-

Edelnutten vor ihrem Badezimmerspiegel stehen. Über diese Menschen gibt es auch Videos auf Youtube: Die beginnen immer mit einem schwarzen Bildschirm, und der Name, das Geburts- und das Todesdatum werden eingeblendet. Leise setzen die Geigen ein. Dann kommt so eine Art Best-Of-Video und am Ende erscheint irgendetwas mit »Wir werden dich nie vergessen.« Es sei denn, das Video wird gelöscht, dann ist es natürlich vorbei.

Letztlich ist ja sowieso alles vorbei, ich habe es eingangs mal erwähnt: Der Planet geht vor die Hunde. Gut, er geht nicht, er läuft beharrlich in Richtung Abgrund. Die reichsten Menschen der Welt haben das Smartphone in der Hand, geben noch mal Vollgas und grinsen in die Kamera. Die Länder, in denen gerade Krieg herrscht, kriegen ohnehin nichts mit – von den bedrohten Tierarten ganz zu schweigen. Die Armen, die gerade verhungern, die haben ganz andere Probleme. Das Orchester, das jetzt im Hintergrund leise zu spielen beginnt, muss sich nun jeder selbst denken. Und mit schmelzenden Polkappen lehnt sich der Planet weit über den Abgrund und drückt auf den Auslöser, während im Hintergrund das Universum gut zu sehen ist. Und ganz weit hinten grinst Stephen Hawking in die Kamera. Alle mal kurz lächeln! Der Planet, der nicht so leicht totzukriegen ist, wischt sich den verschwitzten Tropfen Menschheit von der Stirn und überlebt. Dramatik pur, wer nah am Wasser gebaut ist, verdrückt heimlich eine Träne.

Und ich hätte jetzt gern eine Tasse löslichen Kaffee. Den gibt es bei REWE nämlich immer noch, ich wollte nur mal für fünf Minuten die Panik unter den Menschen schüren, dass gerade etwas wirklich Schlimmes passiert ist.

Nachwort

Es endet alles. Auch dieses Buch. Selbst wenn ich möchte, dass es kein Ende hat, ist es irgendwann vorbei. Jetzt. Die Zeit war wunderschön, jetzt ist Schluss. Mit diesem Buch. Mein Leben geht weiter. Das klingt für jemanden mit einer psychischen Erkrankung, die permanent fordert, man müsse sein Leben beenden, vielleicht etwas paradox, aber ich bin in der Lage, die Dinge zu relativieren. Meine Krankheit ist eine Katastrophe, aber in den meisten Momenten bin ich in der Lage, mit ihr fertig zu werden. In den Situationen, in denen ich es nicht kann, nehme ich die Niederlage an, um anschließend besser zu werden. Mein Kämpfer-Gen, auf das ich wirklich sehr stolz bin.

Mir ist klar, dass ich an diesem Punkt anderen etwas voraus habe, denn die Fähigkeit zu kämpfen und immer wieder aufzustehen, ist gerade bei dieser Krankheit ein Geschenk. Deswegen schaffe ich es auch, ohne Medikamente auszukommen. Deswegen schaffe ich es auch, am Leben zu bleiben, deswegen schaffe ich es auch, auf der Bühne zu stehen und davon zu erzählen, wie widerwärtig diese Krankheit ist. Ich kann mich über Depressionen lustig machen, weil ich sie sehr ernst nehme. So wie ich auch das Leben sehr ernst nehme und es jeden Tag, den ich dabei bin, so gut wie möglich genieße.

Das Buch ist am Ende, ich bin es noch lange nicht. Es gibt noch viel zu tun, viel zu erleben und viel zu sehen. Es gibt noch viele Menschen, die ich kennenlernen will oder werde und es gibt noch vieles, was ich mitnehmen kann. Oder viele Dinge, die ich anderen mitgeben möchte. Am liebsten verschenke ich Energie, Mut und Humor und ich hoffe, dass ein kleines Stück von jedem dieser Dinge in diesem Buch enthalten ist.

Armin Sengbusch